SI CE N'EST QU'EN Rêve

KEIRA ANDREWS

ISBN : 978-1-988260-00-6
Artiste pour la Couverture : © 2015 Dar Albert
Traduction française de Lady L
Relectures et Corrections de Bénédicte Girault

Également Par

En Français
<u>*Rumspringa Interdit*</u>

En Anglais

Gay Amish Romance Series
A Forbidden Rumspringa

A Clean Break
A Way Home

Contemporary
Valor on the Move
Cold War
Holding the Edge
Where the Lovelight Gleams
The Chimera Affair
The Argentine Seduction
Eight Nights
Daybreak
Love Match
City of Lights
Synchronicity

Historical
The Station
Semper Fi

Paranormal
Kick at the Darkness
A Taste of Midnight (free read!)

Fairy Tales
Flight
Levity
Rise

SI CE N'EST QU'EN *Rêve*

KEIRA ANDREWS

Charlie

21 Décembre

— C'est l'œuvre du Seigneur.

Je réussis à sourire à la vieille dame qui se trouvait derrière le comptoir de la compagnie Sojourn Airways.

— Ce n'est probablement pas le moment pour un débat théologique, mais je dirais que c'est plus l'œuvre de Mère Nature.

J'essayai de terminer ma phrase par un rire, mais cela sortit plus comme un petit *haha* triste. Son expression vide, accentuée par son chignon grisonnant, n'avait aucune étincelle. Sur sa veste d'uniforme violet était épinglé un badge qui disait : *Le service à la clientèle est notre priorité. Pas de frais pour les bagages !*

— Monsieur, c'est la signification officielle du transport aérien pour les conditions climatiques qui sont hors de notre contrôle.

— Très bien, je comprends. Écoutez…

Je fis une pause pour regarder son nom sur le badge.

— Écoutez, Susan, le truc, c'est que je dois prendre un vol pour New York dès que possible. JFK, LaGuardia, Newark… peu m'importe. Je prendrai même celui pour Philadelphie si je le dois.

Je forçai un autre sourire.

— Je pourrais toujours y aller pour les steaks au fromage.

Les lèvres pincées de Susan restèrent inchangées.

— Il n'y a aucun vol en partance ou en provenance de San Francisco. Comme je vous l'ai dit un peu plus tôt, notre système a déjà modifié votre vol.

— Pour le vingt-six !

— En effet.

— Mais Noël, c'est le vingt-cinq !

Le désespoir que j'essayais de contenir avec un humour incroyablement ridicule planta ses crocs en moi d'un grand coup.

— C'est vrai ? Je l'ignorais, répliqua-t-elle.

Eh bien, au moins, il semblait que les dirigeants extraterrestres de Susan lui avaient implanté une puce sarcastique, même s'ils avaient négligé celle de la compassion.

J'inspirai profondément.

— Je comprends que ce brouillard de fin de journée s'est renforcé, mais vous ne pouvez pas changer mon vol pour *après Noël* ! C'est ridicule !

Je pensai à la petite tête ronde d'Ava, son visage recouvert de larmes alors que je partais pour l'université, et la promesse d'être à la maison pour les vacances.

— J'ai des plans. Je dois prendre le prochain vol. Je le *dois*.

Susan tapa sur son ordinateur, ne prenant même pas la peine de me regarder, à présent.

— Je ne vous ai pas changé de vol, Monsieur Yates. La compagnie aérienne l'a fait. Tous les vols de la veille ont été annulés également, et c'est la saison la plus chargée de l'année.

Elle récitait son texte de la même manière que ma mère le faisait quand elle lisait les instructions d'IKEA alors que nous montions l'étagère dans ma chambre.

— Il y a des milliers et des milliers de passagers avant vous. Le blizzard sur le littoral Est a déjà causé un grand retard avant que le brouillard s'installe.

— Mais j'ai promis à ma petite sœur que je serais à la maison.

Je savais que je pleurnichais, et ma voix trembla alors que ma gorge se serrait.

La bouche de Susan s'incurva en un refus alors qu'elle me regardait.

— S'il y avait quelque chose que je pouvais faire, je l'aurais fait, dit-elle d'un ton adouci.

La compassion inattendue ne fit qu'aggraver la situation en quelque sorte. Je me raclai la gorge, des larmes imminentes menaçant de jaillir. *Ne fais pas ça, Charlie. Ressaisis-toi.*

— D'accord, je vous remercie. Pensez-vous que je pourrais voyager avec une autre compagnie ?

— J'ai bien peur qu'elles soient toutes dans le même bateau.

— En attente ?

Elle secoua la tête et agita la main vers la masse de gens qui envahissaient le terminal derrière moi.

— Tout le monde a eu la même idée. Comme je l'ai dit, il y a déjà des dizaines de vols qui ont été annulés avant le vôtre. Le vingt-six est la date la plus proche à laquelle vous pourrez partir, et ça, en supposant que le brouillard se lève bientôt et que la pluie s'arrête. Et s'il ne commence pas à beaucoup neiger sur la Côte Est encore.

Avec un hochement de tête, je m'éloignai du comptoir, traînant ma grande et stupide valise rose derrière moi. J'étais peut-être un homo à part entière et fier de l'être, mais le fuchsia n'était pas la couleur que j'aurais prise pour mes bagages. Ava l'avait choisie avec une telle joie que j'avais été incapable de lui dire non.

Au moins, elle avait quatre roues et était extensible, ce qui était pratique puisqu'elle était remplie de cadeaux de Noël.

J'avais acheté à Ava de vieux Transformers à assembler et des figurines rétro de Star Wars que j'avais cherchées. La princesse Leia était sa préférée, même à huit ans, Ava avait un goût excellent et avait compris que la trilogie d'origine était de loin, la meilleure. Sur eBay, j'avais trouvé une Leia Rebelle, une Leia avec les fameux macarons sur les oreilles, et même la plus rare, une Leia Force 2, ainsi que le dangereux Boba Fett.

À présent, Ava n'en aurait aucune pour le matin de Noël. Je ne pourrais pas me réveiller avec elle aux premières lueurs de l'aube pour ouvrir nos chaussettes, puis entrer en trombe dans la chambre de nos parents pour les sortir du lit parce que Noël était trop amusant pour dormir.

Une pré-adolescente, debout près une pile de bagages cria à ses parents « ce n'est pas *juste* ! », ses bras croisés sur sa poitrine et les larmes aux yeux.

— Depuis quand la vie est-elle juste ? marmonnai-je en ricanant.

Très rarement, à mon avis, et jamais quand cela concernait Ava. Je m'enfuis aux toilettes les plus proches pour m'asperger le visage d'eau et me ressaisir. Mes joues se gonflèrent avant de laisser échapper un long soupir et j'examinai un nouveau bouton rouge sur mon menton dans le miroir.

Je m'étais fait couper les cheveux, la veille, puisque ma tante Wendy allait faire un portrait de groupe de nous, à côté de l'arbre avec son bel appareil-photo. C'était un grand Noël pour la famille Yates, et à présent, je ne serais pas là. Je fis courir une main sur mes fins cheveux bruns, qui bouclaient au bout si je ne les gardais pas courts. Ceux d'Ava aussi, mais ils n'étaient pas encore assez longs pour onduler complètement.

Nous nous étions parlé via Skype, l'autre nuit, et elle avait fait fièrement courir une brosse à travers les quelques centimètres de ses cheveux. Elle avait repris du poids aussi, et j'étais impatient de l'étreindre et de la sentir en bonne santé et solide dans mes bras.

Je dus inspirer profondément, mon désir douloureux de la revoir elle, et mes parents, me brûlant la poitrine. Je grimaçai à mon reflet. Mes yeux étaient déjà rouges de l'insomnie de la veille. Je ne dormais jamais bien la nuit qui précédait un vol, dû à ma paranoïa de ne pas entendre la sonnerie de mon réveil.

Ava et moi avions les mêmes yeux : d'un bleu profond et chaleureux, qui s'injectaient facilement de sang, et qui n'étaient pas doués pour cacher les émotions. Notre grand-père disait toujours que, même si nous avions dix ans de différence d'âge, nous aurions dû être jumeaux.

Je vais bel et bien manquer Noël. Je vais briser ma promesse.

La crainte que j'essayais de contenir rugit, et je fermai fermement les yeux. Je savais que ce n'était qu'un rêve, et que les rêves n'étaient pas des visions ni des prophéties, ou quelque chose de ce genre. Pourtant, je tremblai tandis que je me rappelais de celui de l'hôpital que j'avais finalement réussi à atteindre après avoir manqué Noël parce que j'avais pris les mauvaises routes, prenant des virages sans fin.

Le docteur de mon rêve – ou plutôt *du cauchemar* – avait dit que la rechute s'était produite trop vite, et qu'il n'y avait rien qu'ils auraient pu faire. Mes parents avaient déjà quitté l'hôpital parce qu'Ava était partie. C'était trop tard. Ma petite sœur était morte et je n'avais pas pu lui dire au revoir.

Ravalant une vague de nausées, je fermai les yeux, inspirant et expirant.

Ce n'était qu'un rêve. Elle va bien.

Je m'aspergeai le visage à nouveau, éclaboussant mon pull et m'enfichant complètement. Évidemment, ils étaient à court de serviettes en papier, alors je m'essuyais les mains sur mon jean.

Je marchai sans but dans le terminal, me retrouvant comprimé dans l'amas de gens démoralisés et soi-disant voyageurs et leurs lots de bagages. Ma sacoche pesait lourd sur mon cou, et je l'ajustai impatiemment sur mon épaule. C'était un samedi matin, et l'école était finie pour les enfants, les examens étaient terminés pour les étudiants, et les vacances d'hiver étaient là. Dommage que nous allions apparemment les passer dans l'aéroport International de San Francisco, ou pour moi, de retour dans mon dortoir vide.

Fa la la la la.

Une série d'écrans de télévision accrochée au mur projetait CNN, et je m'arrêtai pour regarder le présentateur avec des dents bizarrement éclatantes, un visage sérieux sous des cheveux parfaitement coiffés. Des lettres rouges lumineuses et clignotantes prenaient la moitié de l'écran, criant : *ALERTE MÉTÉO !*

— Nous venons juste de survivre à des chutes de neige apocalyptique dans l'Est, et maintenant, c'est au tour de la Côte Ouest ! Des pluies torrentielles se sont abattues sur le Pacifique Nord-Ouest, s'étendant jusqu'à la Californie du Nord. Quant à San Francisco, c'est un brouillard *apocalyptique* !

Je levai les yeux au ciel. L'envie des médias d'ajouter « apocalyptique », à défaut de mots inoffensifs avait besoin d'être stoppée et vite, ainsi que les suffixes « gate »[1]. Cela fait une éternité depuis le Watergate. Passez à autre chose, les gens !

L'abruti suffisant de la télévision souriait, en fait. Son nom devait probablement être Chip, ou peut-être Blaine.

— Avec la pluie, le brouillard à San Francisco a réduit la visibilité au maximum, et les autorités conseillent à tout le monde de *rester à la maison*. Oubliez la soupe aux pois… ce truc, c'est de la mélasse !

Avec un soupir, je me traînai lourdement. Je pourrais tout aussi bien prendre le métro aérien jusqu'à l'arrêt BART. La pensée de retourner – avec mon énorme valise – sur un campus désert était

---

[1] Le suffixe « gate » en anglais sert à montrer l'énormité d'un scandale, comme le Watergate.

franchement déprimante. Je me rappelai que ce ne serait pas le pire Noël que j'aurais jamais, mais c'était un pâle réconfort. Les deux derniers Noëls détenaient ce titre, et je priais qu'ils ne soient jamais surpassés.

Je trouvai un panneau indiquant la direction à suivre pour le métro aérien, ainsi qu'un autre : *Voitures de Location*. Je m'arrêtai dans mon élan, évitant à peine de me faire bousculer par un chariot à bagages et un homme qui marmonna un juron alors qu'il me contournait. Je lançai des excuses alors que je regardais le panneau, mon pouls battant rapidement, et bourdonnant dans mes veines.

Était-ce possible ? Pourrais-je arriver à temps si je conduisais ? Il y avait de la pluie et du brouillard ici, et de la neige là-bas, mais je pourrais sûrement gagner un peu de temps entre les deux ? Si je m'alimentais de Red Bull et de barres de céréales, je pourrais le faire.

Prenant mon téléphone, je cherchai sur Google le temps que prendrait le trajet de San Francisco à Norwalk, dans le Connecticut.

43 h (4 756.78 km) via I-80 E.

C'était pratiquement tout droit à travers le pays, en passant par le Nevada, l'Utah, le Wyoming, le Nebraska, l'Iowa, l'Illinois, l'Indiana, l'Ohio, la Pennsylvanie, le New Jersey, New York, et finalement dans le Connecticut. Ce qui avait l'air foutrement épuisant, mais totalement jouable. Si je faisais des arrêts ici et là pour manger et profiter de quelques heures de sommeil sur la banquette arrière, j'arriverais là-bas à temps. Je pourrais être à la maison pour le matin de Noël.

Une ruée d'adrénaline m'envahit grâce à ce nouveau plan, et je me précipitai vers la plateforme du métro aérien. Le chemin qui menait vers le centre des voitures de location à travers les terminaux fut interminable, et je serrai mes doigts autour de la poignée de ma valise jusqu'à ce que la femme qui était entre la porte et moi me lance un regard noir.

Je plongeai pratiquement dans le hall, traînant ma valise avec moi. Le plus étonnant était qu'il n'y avait presque personne dans l'endroit dédié à la location, et je souris alors que je m'approchais du premier comptoir. Je n'aurais même pas à attendre ! C'était clairement un plan génial, et peut-être l'Œuvre de Dieu. C'était écrit.

AUCUN VÉHICULE DISPONIBLE

Je clignai des yeux face au panneau. D'accord, l'autre comptoir. Mon cœur se serra un peu quand je vis le même message là aussi. Puis à l'autre. Et à l'autre encore.

Et à l'autre.

Évidemment qu'il n'y avait aucune file d'attente. Il ne restait plus aucune maudite voiture. Je poursuivis juste au cas où, mais devant chaque entreprise de location que je passais, il n'y en avait plus. Alors que je m'avançais vers la dernière – celle qui était une de ces entreprises qui vendaient moins cher, dans un coin sombre – mes pieds trainaient, et mes épaules étaient affaissées. Pendant une quinzaine de minutes, j'avais pensé que Noël et ma promesse faite à ma sœur auraient pu être sauvés.

Alors que je m'approchais de la dernière, mon cœur bondit. Je jetai un coup d'œil attentif, étudiant l'endroit. Il n'y avait aucun panneau. Il n'y avait aucun panneau ! Excité, je courus le reste du chemin, déboulant au comptoir. La jeune femme qui se trouvait derrière releva rapidement la tête de son ordinateur.

— Bonjour ! Désolé de vous avoir fait peur. J'ai besoin d'une voiture ! Avez-vous une voiture ?

Je m'efforçai de prendre une inspiration pour me calmer et pour lire son nom sur son badge.

— Je vous présente mes excuses, Sook-Yin. J'ai vraiment besoin d'une voiture.

Je lui adressai, ce que j'espérais être mon plus charmant sourire, parce que je n'avais pas besoin que Sook-Yin refuse ma demande parce qu'elle soupçonnait que je prenais du crack, de la méthadone ou que j'inhalais de l'oxyde nitreux de fioles de chantilly.

Elle inclina la tête et m'adressa un sourire plein de regrets.

— Je suis désolée, nous venons juste de louer notre dernière voiture.

Ma bouche s'assécha et ma poitrine se serra alors que la panique et la déception m'envahissaient.

— S'il vous plaît ! Vous devez bien en avoir une autre. Je vous en supplie. Je me mettrai à genoux ! Je payerai un extra. Je payerai tout ce que vous voudrez ! *S'il vous plaît !* J'ai besoin d'une voiture. Ou d'un pick-up. D'un SUV. D'un mini van. D'une moto ! N'importe quoi avec des roues et un moteur !

— Je suis vraiment désolée.

Je me cognai la tête sur le comptoir avec un bruit retentissant.

— Je ne peux pas croire que ça m'arrive ! S'il vous plaît, mon Dieu, laissez-moi me réveiller dans mon dortoir et réaliser que tout ceci n'était qu'un cauchemar que mon subconscient a imaginé encore une fois !

Sook-Yin fit un bruit qui pourrait être le son étouffé d'un rire, mais sa voix fut compatissante.

— Je suis vraiment désolée. Attendez une seconde, laissez-moi vérifier nos autres centres. Vous pourriez peut-être avoir de la chance.

D'autres centres ! Je n'avais même pas pensé à ça. Je relevai la tête et la regardai taper sur l'ordinateur, retenant mon souffle. *S'il vous plaît, s'il vous plaît, s'il vous plaît, s'il vous plaît…*

Elle soupira et remit une mèche sombre derrière son oreille.

— Non, rien. Mais je vais vérifier les autres entreprises pour vous.

Mes poumons brûlèrent alors que j'attendais, mes mains serrées en poings pour empêcher mes doigts de taper sur le comptoir. La CIA devrait oublier la torture par l'eau – regarder une autre personne chercher une information sur un ordinateur alors que vous mourriez d'envie de connaître la réponse était une pure torture. Sook-Yin tapa, ses yeux parcourant l'écran, et mon cœur battait la chamade. Il devait bien y avoir une putain de voiture qui restait dans la Baie de San Francisco. Il devait y en avoir. J'irais jusqu'à Oakland. Bon sang, je pousserais même jusqu'à Modesto s'il le fallait. *S'il vous plaît, s'il vous plaît, s'il vous plaît, s'il vous plaît…*

Puis elle m'adressa à nouveau l'inclinaison de la tête/triste sourire, et je sus que c'était sans espoir. Elle n'avait pas besoin de le dire. J'essayai de sourire en retour.

— Merci d'avoir vérifié. C'était très gentil à vous.

Mon cerveau se mit à tourbillonner rapidement. Qu'en était-il des bus Greyhound ? C'était l'époque la plus occupée de l'année et les bus pourraient être remplis de gens qui n'avaient pas pu prendre leurs vols, mais peut-être que…

— Je suppose que je vais essayer le bus.

Elle grimaça.

— J'ai entendu dire qu'ils étaient surchargés. Et il y a ce problème de grève ? Ils n'ont pas assez de bus, apparemment.

— Je suppose que les trains sont complets aussi.

— Voulez-vous que je vérifie ?

Son regard se déplaça vers quelque chose derrière moi, et elle sourit.

— Excusez-moi une seconde. Ah, vous voilà ! dit-elle à quelqu'un. Avez-vous trouvé le Starbucks ?

— Oui, merci. J'ai de la caféine et je suis prêt à me mettre en route !

Tout mon corps se figea. Cela ne pouvait être lui. Ce n'était pas possible.

Pas. Possible.

Je pivotai lentement et… Wow ! Gavin Bloomberg – toujours aussi grand et sexy – se tenait là, habillé d'une veste en cuir marron avec un gobelet dans une main et une petite valise grise à côté de ses Puma. Il cilla en me regardant, et après un moment, ses lèvres se retroussèrent.

— Charlie ?

Il avait l'air aussi horrifié que je l'étais.

De toutes les entreprises de locations de voitures sur toute cette maudite planète... Je m'efforçai de garder un ton courtois. Après tout, nous avions dix-huit ans et nous étions officiellement adultes, à présent.

— Gavin.

— Euh… salut.

Il me regarda de la même manière que l'on regarde un chewing-gum après avoir marché dessus toute la journée et priant qu'il s'enlève de la semelle, avec de petits cailloux et plein de trucs séchés sur lui. Il fit courir sa main à travers ses cheveux épais et courts, et même sous les néons, je ne pus m'empêcher de remarquer leurs reflets auburn. Ses favoris étaient plus longs depuis la dernière fois que je l'avais vu à la remise des diplômes en juin.

Je fus étrangement projeté dans le souvenir de l'été où nous nous étions rencontrés, et où presque tous les jours, nous nous étions allongés au soleil, du côté de l'étang, et il avait fermé les yeux pendant que je regardais ses cheveux sécher, tout le temps mourant d'envie de le toucher.

— Vous connaissez-vous, messieurs ? demanda Sook-Yin.

Je hochai la tête.

— Je suppose. Pas vraiment. Je veux dire, nous sommes allés au même lycée.

C'était clairement un cauchemar, mais malheureusement, j'étais bien trop éveillé. Il était temps de disparaître.

— Eh bien, je devrais y aller.

— Attendez ! s'exclama Sook-Yin, son visage s'illuminant. Allez-vous, tous les deux, au même endroit ? Peut-être que vous pourriez faire le trajet ensemble ?

Mon esprit était tellement sidéré par la présence inattendue de Gavin qu'il n'avait pas complément réalisé que celui-ci avait évidemment loué une voiture. Oh. Mon. Dieu. *Bien sûr* qu'il avait loué la dernière voiture ! Bien sûr. Parce qu'il obtenait toujours ce qu'il voulait.

Gavin me regarda puis Sook-Yin.

— Je retourne à Norwalk.

— Moi aussi. Mais nous ne pouvons pas…

Je m'interrompis en agitant la main entre nous.

Sook-Yin haussa un sourcil.

— Mais c'est la solution parfaite, n'est-ce pas ? Je peux ajouter un autre conducteur au contrat. Je vous dispenserais même des frais supplémentaires. Vous payez déjà beaucoup puisque vous avez moins de vingt-cinq ans. Mais à vous de décider, cependant.

— Euh…

Gavin la regarda avec une lueur d'effroi dans les yeux. Je partageais cette peur. Il n'en était pas question – putain, non ! – que Gavin Bloomberg et moi fassions le trajet ensemble jusqu'au Connecticut. C'était impossible. C'était la pire idée que je n'avais jamais entendue.

Mais putain. C'était ma seule chance.

Bien que je déteste ça, c'était mon seul moyen pour être à la maison pour Noël. Gavin et moi pouvions partager les heures de conduite et l'essence, et nous pourrions parfaitement arriver pour le vingt-cinq si nous ne perdions pas de temps.

— Je ne peux pas… c'est…

Resserrant son gobelet, Gavin me regarda.

— J'ai promis à Ava que je serais à la maison pour Noël.

Le regard dur de Gavin s'adoucit, et il soupira. Après un long moment, il hocha la tête.

— Alors, je suppose que nous devrions y aller.

— J'en suis heureuse. Le monde est vraiment petit. Pouvez-vous me donner votre permis de conduire ?

Sook-Yin commença à entrer mes informations dans l'ordinateur, apparemment consciente de la tension dans l'air.

— Attendez, vous vivez dans la même rue ?

Gavin et moi hochâmes silencieusement la tête.

— Wow, quel drôle de hasard ! dit-elle en souriant et en imprimant un nouveau contrat. Allez-vous à la même université ici aussi ?

— Non. Il est à l'USF, et je suis à Stanford, répondit Gavin.

Je cillai. Il savait où j'étudiais ? La voix de ma mère fit écho dans mon esprit.

— *Chéri, devine qui va à Frisco pour l'université aussi ?*

— *S'il te plaît, ne l'appelle pas Frisco.*

Je roulai un autre t-shirt pour le rentrer dans ma valise rose.

— *Et la réponse est non, qui ?*

— *Ton ami Gavin ! N'est-ce pas merveilleux ? Je suis si contente que tu aies quelqu'un d'ici avec toi.*

Le fait que Gavin n'était certainement pas mon ami – et ne l'avait plus été depuis la fête de Pete Stiffler au début de la troisième – avait échappé à ma mère. Pour sa défense, elle avait eu bien assez à faire pendant les dernières années, et je n'avais jamais fait allusion à ce problème.

— J'ai juste besoin que vous signiez ici tous les deux, et apposiez vos initiales ici, ici, et là.

Sook-Yin encercla des endroits sur le contrat.

Gavin prit le stylo, me le passant quand il eut fini. Le plastique était chaud de ses doigts, et mon estomac se serra de la même manière qu'auparavant, quand Gavin était proche. J'avais l'impression d'avoir quatorze ans à nouveau et me sentais totalement dépassé.

Après avoir noté mes dernières initiales, je remis le contrat à Sook-Yin, qui fit une copie et la glissa dans un dossier sombre. Elle tendit une clé à Gavin.

— Voilà. Elle se trouve à l'emplacement C-37, mais puisque c'est la dernière voiture qui reste, cela ne vous sera pas difficile de la trouver. C'est une Jetta, mais ne vous inquiétez pas, je vous ai facturé la classe économique. Je vous souhaite une bonne route et de joyeuses fêtes !

Nous sourîmes et la remerciâmes, et je suivis Gavin vers le parking. En silence, nous prîmes l'ascenseur, et dans le dédale souterrain, le seul son qu'on entendait était le bruit des roues de nos valises et l'étrange voiture qui passait par là. La Jetta attendait, d'une couleur bleue, possédant quatre portes, et carrée avec sa conception allemande, classique et pratique.

Un homme qui mâchait un chewing-gum s'approcha du petit bureau d'expédition, qui était plus un taudis. Il portait une combinaison et une casquette de base-ball.

— Vous prenez la dernière, hein ?

Je lui adressai un sourire crispé.

— Ouais.

Nous observâmes la voiture, faisant le tour pour nous assurer qu'il n'y avait aucune éraflure, ni rayure. Gavin signa le formulaire, et le gars démarra le moteur.

— Le réservoir est plein, et vous êtes prêt à y aller. Bonne route, dit-il en sortant.

Gavin ouvrit le coffre et regarda ma monstruosité rose.

— Tu reviens vivre là-bas ou quoi ?

— Non.

Obstinément, je ne m'expliquai pas davantage et relevai ma valise.

Après avoir mis son petit bagage gris, Gavin ferma le coffre.

— Je suppose que je vais conduire en premier ?

— Bien sûr.

C'était très courtois, et *si foutrement bizarre*, Oh, mon Dieu.

Je m'avançai vers le siège passager, mettant ma ceinture et repoussant mon siège vers l'arrière au maximum, pour étendre mes jambes. Je faisais un mètre quatre-vingt comparé au mètre quatre-vingt-cinq de Gavin, mais j'aimais toujours m'étirer. Surtout puisque nous allions rester dans cette voiture pendant quarante-trois heures – et ça, à condition d'avoir du beau temps et de ne pas être pris dans des embouteillages. Je résistai à peine à l'envie de gémir. Rien que sortir de la Baie de San Francisco prenait une éternité avec de bonnes conditions, alors inutile de parler du *brouillard apocalyptique*.

Après avoir ajusté les rétroviseurs, Gavin démarra. Aucun d'entre nous ne parla alors qu'il naviguait entre les niveaux de parking, et à la sortie, il entra le ticket fourni dans la machine. Le bras mécanique se releva pour nous laisser passer, et la maison ne m'avait jamais paru aussi lointaine.

Deux

Gavin

Charlie Yates était actuellement assis à côté de moi dans la voiture que j'avais louée. J'avais eu quelques moments surréels dans ma vie – qui impliquaient aussi Charlie Yates, en y repensant –, mais celui-là était la putain de cerise sur le gâteau. J'avais vérifié les voitures de location sur un coup de tête, ne voulant pas retourner à mon dortoir et me ronger les ongles alors que j'attendrais des jours pour un autre vol. Maintenant, j'étais là avec… *lui*. De toutes les personnes…

— J'aurais pu aller plus vite que ça, marmonna-t-il.

C'était la première chose qu'il disait depuis des kilomètres.

— Et c'est ma faute si deux voies sont bloquées devant nous ? J'aurais été plus vite si je l'avais pu, dis-je sèchement.

Le soleil était péniblement bas dans le ciel, et nous étions tout juste à Sacramento. Il regarda le mini van qui nous devançait.

— Je n'ai pas dit que c'était ta faute. Je dis juste que cela nous a pris trois heures seulement pour sortir de la ville, et maintenant, nous avançons aussi lentement qu'un escargot.

— Au moins, il n'y a aucun brouillard là. Et la pluie s'affaiblit.

Apparemment, il ne pouvait contester ça, même si j'aurais parié qu'il l'aurait voulu. À la place, il haussa les épaules.

— C'est vrai, ricana-t-il. Je déteste ces autocollants stupides. *Bébé à bord.* Ouais, c'est ça, parce que *maintenant*, les gens ne vont pas te rentrer dedans quand ils auraient pu le faire avant.

— Je suppose qu'il vaut mieux prévenir que guérir.

Alors que la radio diffusait une pub, j'appuyai sur le bouton de numérisation.

— Je souhaite seulement que l'univers nous donne une putain de pause ! Je veux dire, vraiment ? Un camion devait se mettre en travers et déverser tout son gravier sur deux voies ?

— Cela aurait pu être pire. J'espère que personne n'est blessé.

Charlie me lança un regard noir.

— Évidemment, j'espère aussi que personne n'a été blessé, Saint Gavin.

Mon estomac se serra étrangement. Je n'avais pas entendu ce surnom depuis longtemps, mais maintenant, c'était piquant de dérision au lieu de la taquinerie qui l'accompagnait sous le brumeux soleil d'août et le chant des cigales.

Tandis que nous avancions, j'observai l'autocollant jaune du bébé sur le mini van – c'était vraiment stupide – et j'essayai de ne pas fredonner sur la nouvelle chanson de Taylor Swift. Je pouvais seulement imaginer les conneries que Charlie allait me sortir si je le faisais. Il écoutait probablement les groupes de rock indépendants qui avaient leurs propres LPs et qui ne croyaient pas en iTunes.

— Hanoucca est un peu tardive, cette année, non ?

Je clignai des yeux de surprise au fait qu'il sache. Ce qui était vraiment bête, parce que c'était sur le calendrier, donc, pourquoi ne l'aurait-il pas remarqué ?

— Ouais. Mais ça n'a jamais représenté grand-chose dans ma famille. Nous ne sommes pas de bons juifs. De toute façon, mes parents sont en Jamaïque.

Je gardai les yeux sur la route, mais pus sentir les siens qui m'observaient.

— Ils ne seront pas à Norwalk ?

— Non, dis-je d'un ton désinvolte, comme si tout était normal avec ma famille.

Sur le papier, ça l'était. Ils seraient à la maison pour le Nouvel An, et ils ne m'avaient pas invité en Jamaïque – j'étais celui qui avait dit que je voulais aller skier à la place. Bien que, dès qu'ils aient su que Candace était impliquée, ils ne pouvaient approuver assez vite.

Et c'était exactement pourquoi je n'avais pas voulu aller à l'hôtel. Il y aurait tellement de temps pour *parler*, et même si j'avais finalement trouvé le courage de le dire, je savais qu'ils n'auraient pas voulu l'entendre.

— Tu ne vas pas les retrouver là-bas ?

Le trafic avait pris un peu de vitesse à trente kilomètres/heure, et j'accélérai doucement.

— Nan, répondis-je.

— Alors, pourquoi vas-tu à la maison ?

— Je vais faire du ski dans le Vermont avec Candace et sa famille.

— Ah oui, bien sûr. *Candace*.

Il prononça son nom d'une telle sorte que cela me fit resserrer les mains sur le volant.

— Oui. Candace.

Il marmonna dans sa barbe, et j'éteignis la radio, la colère m'envahissant.

— Qu'est-ce que c'était, ça ?

— Rien.

Charlie ralluma la radio et passa d'une station à une autre. Bon sang, il avait du culot ! Comme s'il avait le droit de dire quelque chose à propos de Candace après ce qu'il avait fait. Je repensai à la petite musique et les tables bondées de la pizzeria cette nuit-là, lors de notre dernière année, l'odeur d'huile grasse planant dans l'air et les gouttes de sang sur le carrelage blanc.

J'ouvris la bouche pour lui dire que Candace était une personne incroyable, et que je n'allais pas supporter une seule insulte sur elle. Et en plus de ça, elle et moi n'étions que des amis, maintenant. *Laisse tomber*. Je n'avais pas à me justifier devant Charlie Yates. Je ne lui devais aucune explication. Plus maintenant. Pas après ce qu'il avait dit et fait.

Plus je repensais à cela, plus je voulais me garer et le foutre dehors.

C'était *ma* voiture de location. C'était ma carte de crédit. Pourquoi avais-je cédé ? Pff, c'était ça, le *pire*. Je voulais chanter à tue-tête des chansons pop et m'arrêter à des attractions le long de la route… Les Plus Grands quelque chose au Monde. Mais Charlie lèverait sûrement les yeux au ciel et marmonnerait, bref, le rendrait moins amusant. Quand nous nous étions rencontrés pour la première fois, Charlie avait été la personne la plus amusante qui soit. Mais c'était il y a longtemps.

Son téléphone vibra et je ne pus m'empêcher d'écouter la moitié de la conversation alors que j'éteignais la radio pour qu'il puisse entendre.

— Salut, maman. Ouais, nous allons bien. Je sais, une sacrée coïncidence. Ah, ouais, un miracle de Noël.

Il resta silencieux pendant un moment.

— On avance lentement. J'espère que ça s'éclaircira bientôt.

Charlie tapota ses doigts sur ses chaussures, là où sa cheville était en travers sur son autre jambe.

— Euh… oui. Il va bien. Il te salue.

Je me raclai la gorge et lançai.

— Bonjour, Madame Yates !

Je ne lui avais pas parlé depuis des années, mais elle me faisait toujours un signe de la main lorsqu'elle passait devant notre allée.

— Nous le ferons. *Oui*, maman. Nous n'avons pas douze ans. Une seconde, c'est vrai ? Bien sûr.

Lorsqu'il parla à nouveau, sa voix fut soudain gentille et *douce*. J'avais oublié que Charlie pouvait être comme ça.

— Hey, mon petit ourson. Comment s'est passée ta journée ? Es-tu allée à la fête de Madison ?

Il écouta, tourné vers la vitre.

— Ouais, je suis en chemin. Je ferais tout ce que je peux pour être avec vous pour Noël, d'accord ? Je te le promets.

Évidemment.

C'était la raison pour laquelle je ne pouvais pas m'arrêter et dire à Charlie Yates de se trouver un autre moyen pour rentrer au Connecticut. Ava n'avait eu que six ans quand elle avait été diagnostiquée. Je pouvais encore me rappeler la manière dont les yeux de Candace avaient brillé pour une petite fille qu'elle n'avait jamais rencontrée alors qu'elle murmurait :

— *Ils disent que c'est une leucémie. Ce n'est pas si terrible, n'est-ce pas ?*

Mais cela avait été le cas. Horrible et injuste, et j'avais tellement voulu me précipiter vers le bas de la rue et frapper à leur porte pour leur dire à quel point j'étais désolé. Dire à Charlie à quel point j'étais désolé.

Pour tout.

Alors qu'il taquinait gentiment sa petite sœur au téléphone et écoutait chaque mot qu'elle disait comme si c'était la chose la plus importante qu'il n'avait jamais entendue, des souvenirs me traversèrent l'esprit, la première fois où j'avais rencontré Charlie.

C'était l'été où j'avais emménagé à Norwalk après la quatrième. Mes parents étaient au travail, et j'étais en train de me morfondre dans ma chambre. J'avais entendu les cris de joie d'Ava en premier, et j'avais collé mon nez à la fenêtre. Alors que je regardais, un garçon dégingandé avec une petite fille sur le dos avait couru devant ma nouvelle maison sur Tremont Street comme s'il avait le diable à ses trousses, un élan d'abandon sans peur.

Ils avaient disparu en une seconde, laissant la rue calme et bordée d'arbres, silencieuse à nouveau, à part le bourdonnement étouffé d'une tondeuse à gazon sous le soleil de Juin. Je m'étais tenu là, à la fenêtre pendant une autre minute, espérant. Puis j'avais de nouveau entendu le cri extatique. J'avais regardé Charlie tourner une seconde fois, Ava rebondissant bruyamment sur son dos. J'avais réalisé qu'ils faisaient le tour de la rue, et quand ils étaient passés encore une fois, j'avais attendu dans mon jardin, ne faisant même pas semblant de faire quelque chose. Charlie avait ralenti lorsqu'il avait aperçu mon signe de main étrange.

— *Salut ! Tu es le nouveau.*

— *Euh, salut. Ouais, je suis Gavin. Nous venons juste de déménager de Long Island.*

— *Tu veux venir nager ?*

Cela avait été aussi simple que ça.

— Eh bien, as-tu dit à Madison que tu voulais jouer avec Whitney aussi ?

Je souris. C'était bon d'entendre qu'Ava était aux prises avec des problèmes d'une petite fille de huit ans avec ses amies d'école. C'était si… normal. Je l'avais aperçue de temps en temps, mais cela faisait plus d'une année depuis la dernière fois que je l'avais vraiment vue.

Ma gorge se serra au souvenir… Elle, sur le dos de Charlie, alors que celui-ci faisait le tour de la rue comme il en avait l'habitude, cette fois-ci en un jour d'automne avec des feuilles mortes sous les pieds et un ciel gris et lourd qui semblait sur le point de déverser une pluie torrentielle. Cela avait été par hasard que j'étais passé par cette fenêtre et les avais vus. Ava n'avait pas crié cette fois, et Charlie marchait lentement, faisant attention, pas de course avec ses baskets frappant le sol. La joue d'Ava était posée sur son épaule, et sa tête chauve était trop pâle. Même si elle avait sept ans alors, elle avait paru en quelque sorte plus petite que la première fois que nous nous étions rencontrés.

J'avais collé mon nez contre la vitre de la fenêtre alors qu'ils dépassaient ma maison, trop lâche pour sortir et les saluer. Je m'étais rassuré en disant que c'était parfaitement justifié après l'incident de la pizzeria, mais j'avais attendu pour les voir passer à nouveau. La rue était restée vide, à part Monsieur Garrison et son labrador noir.

— D'accord. Je t'aime aussi, mon petit ourson. Fais-moi un grognement.

Charlie se mit à rire doucement et se gratta derrière l'oreille, et un élan de nostalgie me traversa. Il avait une cicatrice de varicelle et il avait dit que ça lui faisait toujours mal, même après toutes ces années.

Du coin de l'œil, j'observai ses longs doigts sur son cou, me demandant ce que je ressentirais s'ils me touchaient maintenant que nous avions grandi. Sa mâchoire était plus visible, ses lèvres charnues et rouges étaient positivement… le seul mot qui me vint à l'esprit fut *savoureuses*.

Arrête. Arrête maintenant. Il ne me voudrait jamais à nouveau. J'ai gâché ma chance. En plus, je ne veux pas d'un connard comme lui.

Alors qu'il raccrochait, je regardai droit devant moi, essayant et échouant sans doute de prétendre que je n'avais pas écouté. C'était inutile, donc, je me raclai la gorge.

— Comment va-t-elle ?

Charlie demeura silencieux si longtemps que je pensais qu'il ne me répondrait jamais.

— En rémission. Maintenant, du moins. Elle est encore faible, mais elle devient de plus en plus forte.

— J'espère vraiment qu'elle ira bien. Je suis sûr que ce sera le cas. Elle est tenace.

Il haussa les épaules et tapota son téléphone, avec, encore une fois sa voix vide.

— Ouais. Nous verrons. J'ai envie de pisser. Vas-tu t'arrêter bientôt ?

— Bien sûr. Je pense qu'il y a un McDonald pas loin.

— Super.

Son téléphone vibra, et il rit doucement en lisant le message. La question était sur le bout de ma langue avant que je déglutisse difficilement. *Est-ce lui ? Est-il toujours ton petit ami ?*

As-tu jamais pensé à moi ?

Je n'avais vu le petit ami qu'une seule fois. Au début de la dernière année, avant cette nuit à la pizzeria qui avait empiré les choses. Alors que les doigts de Charlie s'envolaient sur le clavier, le trafic s'arrêta complètement. Nous avançâmes légèrement, et le souvenir remplit mon esprit avec obstination.

Brad et Paul étaient en train de parler du football, mais leurs récriminations ressemblaient à une série de grognements alors que je regardais Charlie se précipiter vers le bord du trottoir, sa tête baissée comme d'habitude. Une Jeep attendait en bas. Le gars blond derrière le volant avait l'air d'un étudiant, mais je ne le reconnaissais pas.

Lorsqu'il aperçut Charlie, le gars sourit largement et releva le menton. Il tapota de ses doigts le volant, passant le temps avec le rythme d'une musique que je ne pouvais pas entendre. Je ne pouvais voir l'expression de Charlie alors qu'il montait dans la voiture, mais ensuite, il inclina la tête et ils s'embrassèrent.

Ils s'étaient, de fait, véritablement, embrassés, là près du trottoir. Charlie avait embrassé un autre gars. Un gars qui n'était pas moi. Ma poitrine se serra, et je crus que j'allais exploser ou m'évanouir ou peut-être vomir.

— La terre appelle Gavin !

Je réussis à reprendre mon souffle alors que Candace passait son bras sous le mien et collait nos épaules l'une contre l'autre. Je n'aurais pas dû me sentir blessé, en regardant Charlie avec cet autre gars. Je n'aurais pas dû m'en soucier. Mais wow ! Charlie était vraiment gay. Et il ne le cachait pas.

Il n'était pas un lâche comme moi.

Candace avait dû suivre mon regard figé.

— Oh, je suppose que c'est son nouveau petit ami. Tim quelque chose. Nina dit qu'il va à Jefferson.

Ma gorge était si serrée que je ne pus parler. Ne pus même pas hocher la tête. Charlie et son petit ami étaient en train de rire à propos de quelque chose alors que ce Tim démarrait. Je n'avais pas vu Charlie rire depuis si longtemps.

Je m'attendais à quoi ? Il ne me devait rien. Nous ne connaissions plus depuis un moment déjà. Et je savais que c'était de ma faute, et le faible sentiment de regret avec lequel je vivais constamment augmenta alors que mes yeux me brûlaient. Je me mordis l'intérieur de ma joue si fort que je goûtais le goût métallique du sang.

Candace parlait toujours.

— Il traverse beaucoup d'épreuves avec sa pauvre petite sœur. Je suis contente qu'il ait trouvé quelqu'un. Et avant que tu ne le dises, la ferme, Brad. Oui, je peux lire dans ton petit esprit.

Je les regardai s'éloigner, la Jeep rejoignant la file des véhicules qui quittaient l'école. J'étais dévasté, ayant l'impression qu'on m'avait éventré et sorti les entrailles.

— Gav ?

Candace me donna un coup de coude, et je réussis à tourner la tête et à me concentrer sur son froncement de sourcils.

— Qu'y a-t-il ? demanda-t-elle en plissant le visage. Tu n'es pas un homophobe, n'est-ce pas ?

— Bien sûr que non.

Ma propre voix sonnait étrangement, mais le froncement de sourcils de Candace s'adoucit.

— C'est super pour lui. C'est vraiment cool. Formidable.

Et pourquoi Charlie n'aurait-il pas un petit ami ? Je devrais être content, puisque la pensée qu'il soit seul était comme un coup de poing en plein estomac… même si à la pensée de Charlie et *Tim*… ou quelqu'un de nouveau provoqua une onde de jalousie à travers moi.

Alors que nous nous approchions de la frontière de l'état, Charlie mit son téléphone dans sa poche. Il alluma la radio et appuya sur le bouton de numérisation, écoutant chaque station pendant deux secondes avant de continuer, ne paraissant jamais trouver ce qu'il cherchait.

Charlie

Je ne savais pas si c'était la crampe dans ma nuque ou si c'était la bave coulant sur mon menton qui me réveilla. Inspirant, je me redressai brusquement. Il faisait nuit et je clignai des yeux face à la lumière rouge des feux arrière d'une voiture. À côté de moi, Gavin éteignit la radio, qui jouait une mauvaise reprise du « Père Noël ». Je me frottai les yeux.

— Où sommes-nous ?

— Nous avons dépassé Wells, et le Nevada, il n'y a pas longtemps.

L'affichage vert sur le tableau de bord disait qu'il était plus de vingt-trois heures. Je sortis mon téléphone et lus un message de maman.

Comment ça se passe ? Gavin et toi, vous faites attention sur ces routes. Ne conduisez pas trop vite. Le vrai Noël, ce sera lorsque tu arriveras ici. Bizzzzz.

Je déglutis, ému. La plupart des gens écrivaient « biz », mais quand j'étais petit, ma mère m'embrassait toujours sur le front, le menton, les deux joues, et ensuite le bout de mon nez avant d'aller dormir. Elle le faisait avec Ava aussi. Je suppose que c'était un truc de famille, bien que mon père préfère les étreintes d'ours. Ma mère et lui étaient en quelque sorte parfaits sur ce point. Le Yin et le Yang, disait tante Wendy.

— Tout va bien ?

Je regardai Gavin, qui me jetait des coups d'œil, sourcils froncés.

— Euh… ouais.

Je retournai à mon téléphone et ouvris ma carte. Pourquoi Gavin semblait-il… *gentil* ? Il n'avait pas daigné m'accorder la moindre attention pendant des années – à part ce fameux jour à la pizzeria, la pensée envoyant une vague de colère et de honte à travers moi. Mais un peu plus tôt, lorsqu'il avait demandé des nouvelles d'Ava, il avait semblé sincère.

Je bougeai dans mon siège, décroisant mes jambes. Quand je m'étais réveillé, ce matin-là de mon sommeil précaire, je m'étais attendu à être à la maison, à ce moment. Mais là, j'étais dans une voiture, quelque part, au Nevada… avec Gavin Bloomberg. C'était si foutrement *bizarre*.

Alors que je me concentrais sur la carte, je réalisai que j'allais être dans la voiture avec Gavin pour un long moment.

— Nous avons six heures de retard sur ce qui était prévu. Au moins.

— Ouais, ça craint. Cela nous a pris du temps de sortir de San Francisco, dit-il en bâillant largement.

Je me rendis compte, me sentant coupable, qu'il conduisait depuis ce matin.

— Je peux conduire maintenant. Désolé, je ne voulais pas dormir aussi longtemps.

— Pas de souci. Nous devons probablement remplir le réservoir aussi. À la prochaine station, nous pourrons échanger nos places. Il y a une ville tout près.

— Cool.

Je jouais avec les lacets de mes baskets. À cet endroit, près de la frontière, il y avait deux voies dans chaque direction, et des phares passaient de l'autre côté du terre-plein herbeux entre les deux. La terre semblait aussi plate qu'une crêpe, mais il faisait trop sombre pour voir.

— Tu n'as jamais conduit à travers tout le pays auparavant ?

— Non. Toi ?

— Non.

Dans le silence qui suivit, seulement rompu par cette horrible chanson de Noël de Paul McCartney à la radio, je regardai à travers la vitre, essayant de voir au-delà de la cambrousse plate qui disparaissait dans les ténèbres. Je me creusai l'esprit pour trouver quelque chose à dire. Ce premier été, Gavin et moi avions pu parler pendant des heures et des heures à propos de tout et de rien. De bandes dessinées et films et de… trucs. Maintenant, nous pouvions à peine gérer une petite discussion légère, de celles que l'on faisait dans un taxi ou en avion.

— Comment va Tim ?

Whoah ! Je tournai brusquement la tête pour le regarder.

— Quoi ?

— C'est son nom, non ? Ce gars avec lequel tu sortais ? De l'université de Jefferson ? demanda Gavin en ajustant un des conduits de chauffage, l'air désinvolte.

— Ouais, c'est son nom. Je n'ai… comment le savais-tu ?

Il se mit à rire, mal à l'aise.

— Quoi ? Tu pensais que c'était un secret ou quelque chose comme ça ? Tout le monde savait. Ce n'était pas grand-chose. Et tu ne le cachais pas vraiment.

— Personne ne l'a mentionné.

J'enroulai un de mes lacets autour de mon index, coupant la circulation du sang. Ce n'était pas comme si je me souciais du fait que les gens sachent que j'étais gay… il avait raison, je ne l'avais jamais caché. Mais à l'idée que Gavin ait parlé de Tim et moi (probablement avec *Candace*) me donnait la nausée.

— Il paraît que tu n'en as jamais parlé à personne pendant les deux dernières années. Tu mettais toujours tes écouteurs, et tu ne nous rejoignais pas en dehors de l'école.

— J'étais un peu occupé avec ma sœur mourante.

Je tirai sur le lacet un peu plus fort.

— Oh, je sais. Je ne dis pas que… tu me paraissais juste…

— Quoi ?

— En colère, dit-il en haussant les épaules. Tu intimidais tout le monde.

Je relâchai le lacet et laissai le sang circuler à nouveau dans mon doigt.

— Et alors ? Je m'en fous de ce que tout le monde pense.

— Je sais. Je t'ai toujours admiré à propos de ça. La plupart des gars que je connaissais au lycée n'auraient jamais passé du temps à jouer avec leur petite sœur. Tu ne t'es jamais soucié de paraître « cool » ou non.

L'onde de plaisir qui me réchauffa était plus que stupide et irritante

— Eh bien, Tim était un mec cool, mais nous n'étions pas sérieux. Il est à Penn State depuis l'année dernière. Il passe un bon moment d'après ce que j'ai vu sur Facebook. Il se tape beaucoup de mecs sexys.

— Ah ouais ? Cool, dit Gavin en se raclant la gorge. Qu'en est-il de toi ?

Était-ce réel ? Oui, bien sûr, nous parlions juste de se taper des mecs avec Gavin. Pas grand-chose, en fait.

— Super, l'université est amusante. Beaucoup de mecs avec qui baiser à l'USF. Pour une école jésuite, leurs fêtes sont presque sauvages.

J'avais baisé avec quelques étudiants, mais c'était tout. Le sexe était amusant, mais je ne cherchais pas de petit ami.

— Je me posais la question. Pas à propos des fêtes, mais le truc religieux. Je ne savais pas que tu étais un fervent adepte ?

Je me mis à rire.

— Oh, je ne le suis pas. Mais ils prennent des athées aussi. J'ai rédigé une dissertation sur la manière dont le cancer tue toute foi, et ils m'ont donné une bourse complète. Cela aurait été une faculté publique s'ils ne me l'avaient pas accordé. Je suppose qu'ils pensent qu'ils peuvent sauver mon âme. Mais je n'ai, en fait, rencontré aucun fanatique religieux. C'était détendu.

— C'est bien. Quelle sera ta matière principale ?

— Aucune idée. Je prends un tas de cours cette année, et nous verrons si quelque chose colle. Et toi ?

— Ingénierie.

— Super.

J'aurais dû savoir qu'il ferait quelque chose de super intelligent. Son père était un ingénieur civil et je ne savais toujours pas ce qu'il faisait, en fait, mais c'était probablement quelque chose de dur.

— Comment vont tes parents ? demanda-t-il.

— Bien. Mieux maintenant. Cela a été dur avec Ava et tout.

— Ouais, j'en suis sûr. Ton père est-il toujours dans la même entreprise ?

Je souris brièvement.

— Il vient juste d'avoir un associé. C'est vraiment quelque chose.

— Cool ! s'exclama Gavin, son visage s'illuminant, un sourire creusant des fossettes dans ses joues et faisait bondir mon coeur comme un poisson hors de l'eau.

Ne va pas par là, Charlie. Ressaisis-toi.

— Ta mère va-t-elle retravailler, maintenant ?

— Je n'en suis pas sûr. Je pense qu'elle a eu sa dose d'hôpitaux, tu sais ? Mais elle pourrait travailler comme infirmière privée ou quelque chose comme ça. Nous verrons bien.

Je me raclai la gorge et regardai par-delà le pare-brise aux feux rouges.

— Comment vont tes parents ? demandai-je à mon tour.

L'illumination dans son regard et son sourire s'évanouit, et Gavin accéléra pour changer de ligne et dépassa la voiture devant nous.

— Ils vont bien. Oh, voici la sortie de cette ville.

Il accéléra davantage pour revenir sur la bonne file.

Hein ? Alors que nous passions la frontière et entrions dans la station d'essence, je ressassai ce qu'il avait dit. Gavin et ses parents avaient été proches, mais peut-être que quelque chose avait changé ? Bien sûr, Hanoucca n'était pas une fête religieuse super importante ou quelque chose comme ça, mais c'était très étrange qu'ils passent les vacances sans lui. Mais peut-être avaient-ils voulu qu'il vienne et qu'il avait choisi de le passer avec *Candace* à la place.

Pfff. Celle avec les gros seins, des cheveux dorés, et même, des dents blanches et brillantes. Rien que de penser à elle me fit serrer les poings.

— *Candace s'occupe bien du petit nouveau ! chantonna Pete Stiffler avec un grand rire.*

J'ouvris la portière et m'avançai vers la station d'essence, le froid de la nuit me faisant frissonner. Les clochettes tintaient, et il me semblait que l'atelier du père Noël avait dégobillé partout à l'intérieur du magasin, avec des guirlandes et des ornements accrochés aux étagères et des lumières au-dessus des réfrigérateurs. L'homme d'une quarantaine d'années derrière le comptoir portait des bois de rennes.

Je hochai la tête dans sa direction alors que je prenais un Red Bull et quelques barres de céréales, me demandant ce que les Bloomberg pensaient de Miss Candace Allen. Elle avait été l'une des meilleures élèves de notre classe et devait aller à Columbia, parce que, bien sûr, elle avait la beauté *et* l'intelligence. Ça me donnait la nausée. Alors que je parcourais le rayon des chips, me demandant si Gavin aimait toujours le goût de crème sure et oignons, je soupirai. Je savais que ce n'était pas juste. Comment pouvais-je blâmer Candace de l'avoir vu à cette stupide fête et de l'avoir accroché ? Ce n'était pas de sa faute s'il l'avait désirée aussi. Bien sûr qu'il l'avait fait… elle était le fantasme de la parfaite pom-pom girl que tout garçon rêverait d'avoir.

Ce n'était pas sa faute s'il ne m'avait pas désiré.

À travers la vitre, je pouvais le voir en train de remplir le réservoir, regardant les numéros défiler. Il était beau le premier jour où je l'avais vu, et il était devenu un homme magnifique. Grand et élancé, avec de longues jambes, et… pourquoi diable pensais-je à ça ? Il était beau, et alors ? J'avais pensé que nous étions amis, mais je n'avais rien signifié pour lui. Une petite expérience qu'il avait mise de côté pour être l'hétéro parfait de Candace Allen. Il ne m'avait même plus *parlé* après le début des cours.

M'éloignant de la fenêtre, je pris un paquet de Doritos. Après avoir payé, je me glissai derrière le volant de la Jetta. Quand Gavin monta à son tour dans le siège passager, il rangea le reçu de l'essence dans la boîte à gants.

— Je suppose que nous prendrons nos tours pour l'essence aussi ? Et à la fin, nous verrons si l'un de nous a payé plus.

— Bien sûr, répondis-je, les dents serrées, alors que je démarrais le moteur.

Je pouvais le voir en train de me regarder du coin de l'œil pendant que je sortais de la station.

— Quoi ? Ne veux-tu pas payer l'essence de cette manière ?

— Pas de problème pour l'essence. Et je te dois déjà la moitié de la location de la voiture aussi. Je te paierai quand nous serons à la maison.

— Je sais que tu le feras. Je ne suis pas… d'accord. Bien.

Il alluma la radio et la laissa sur une station où passait la chanson préférée de ma mère.

Ils relevèrent les yeux et virent une étincelle.

Brillant dans le ciel obscur.

Et elle illumina la terre, toute belle.

Et ainsi, elle continua, nuit et jour.

J'inspirai profondément alors que je me remémorais le dernier Noël, conduisant ma mère d'un hôpital à un autre pour les traitements interminables d'Ava. Et je ne pouvais pas chanter, mais alors que nous passions devant toutes les illuminations et les bonshommes de neige, j'avais gazouillé les versets dont je me souvenais.

Cela avait seulement fait pleurer ma mère plus fort, mais elle avait agrippé ma main et avait dit que j'avais raison… que nous ne pouvions pas abandonner tout espoir. Je l'avais seulement chanté pour la soulager un peu parce qu'elle l'aimait, mais je suppose que c'était la bonne chose à faire

L'étincelle brillant dans l'obscurité était maintenant la ville de West Wendover. Nous entrâmes dans l'Utah à travers deux lignes blanches peintes sur la route, sous l'œil vigilant d'un grand cow-boy en néon et l'attrait scintillant des casinos. Un panneau nous informa que nous étions maintenant dans les Rocheuses, ce qui me fit prendre conscience que nous avions perdu une autre heure par rapport à notre trajet prévu. Après avoir dépassé l'inévitable éblouissement provenant des cafétérias, des groupes de musique du pays, des distributeurs automatiques, et des fast-foods, les collines rocheuses s'élevèrent. Bientôt, nous étions dissimulés à nouveau dans l'obscurité, avec seulement quelques voyageurs sur la route puisque minuit était passé. Tandis que nous avancions, les collines disparurent et le sol plat devint étrangement lumineux.

— Bon sang ! Il neige ?

Gavin se pencha en avant dans son siège, regardant attentivement.

— Je ne pense pas, mais je suppose qu'il a neigé un peu plus tôt ? Tout est blanc. Oh, attends, regarde le panneau.

Zone Des Marais Salants De Bonneville.

Je soupirai. Je pouvais gérer le sel. Nous aurions bien assez de neige en nous dirigeant plus loin vers l'Est.

— Oh, mec ! Wow ! Ça fait beaucoup de sel !

Nous traversâmes des kilomètres et des kilomètres de marais salants, les chansons de Noël jouant doucement, des gens chantant sur la joie de ce monde, les décorations des maisons et les nuits silencieuses. Après un moment, je me rendis compte que Gavin s'était endormi. Ses lèvres étaient entrouvertes, et sa poitrine s'élevait et s'abaissait régulièrement. Il avait enlevé sa veste en cuir et l'avait pliée contre la vitre, se faisant un oreiller.

Ses sourcils épais avaient été broussailleux lorsque nous nous étions rencontrés, la première fois, mais il avait commencé à s'épiler au lycée. L'irrésistible envie de tendre la main et de faire courir mon doigt sur son sourcil gauche était ridicule, et je retournai mon regard sur la route.

Malheureusement, l'autoroute était une ligne continue et plate, et elle pourrait facilement m'hypnotiser, alors je m'autorisai à le regarder à nouveau. Gavin portait une chemise Henley rouge avec trois boutons ouverts au niveau du cou. Des poils sombres sortaient de son col, et je me demandai à quel point son duvet était épais sur sa poitrine. Tournant la tête, je m'efforçai de prendre une profonde inspiration et je la retins pendant quelques secondes avant d'expirer. Je me demandai si ses lèvres étaient toujours aussi douces, et si… J'inspirai à nouveau, et retins mon souffle pendant un long moment alors je serrais le volant de mes mains. Les « et si » ne rendraient ce voyage que plus pénible. J'avais besoin de me concentrer sur le fait de rentrer rapidement à la maison, et ensuite, Gavin et moi redeviendrions des étrangers. Tout ce qui m'importait était de revoir Ava et ma famille.

Tout ce qui m'importe est d'arriver à la maison pour qu'elle ne puisse plus être malade.

Je jurai face à cette inquiétude tenace qui résultait d'un putain de cauchemar. Mais peu importait combien je me disais que ce n'était pas réel, c'était comme si je pouvais sentir le carrelage de l'hôpital sous mes pieds et la douleur impuissante qui avait doublé alors que le docteur avait secoué la tête. Frissonnant, j'augmentai le chauffage, regardant Gavin alors qu'il remuait et se léchait les lèvres avant de reprendre sa position.

Merde, je ne voulais pas penser à lui non plus, mais la route était plate et droite, et mon esprit traître revint au week-end de la Fête du Travail, avant le premier jour de la troisième année.

Il n'avait pas plu depuis deux semaines, et l'humidité importune n'avait pas pu sauver les jardins de Tremont Street de leur jaunissement. L'arrosage était seulement autorisé une soirée sur deux, et nous ne pouvions même pas ouvrir l'arroseur automatique pendant quelques minutes pour se mouiller. Bien sûr, Gavin et moi étions allés à l'étang de l'autre côté de la réserve naturelle, comme à notre habitude, et étions presque là quand les nuages s'étaient accumulés. Nous avions l'endroit pour nous tous seuls, et après un moment, alors que les enfants rentraient à la maison, des éclairs avaient strié le ciel.

Nous nous étions étendus sur le dos dans un coin herbeux au bord de l'étang, en toute sécurité, loin des arbres. J'aurais pu jurer que nous pouvions sentir le bourdonnement de la terre, et la pluie avait déferlé, nous mouillant. C'était un dimanche, et même si l'école commençait lundi, nous avions l'impression que c'était à des années lumières, durant cette après-midi alors que nous avions ouvert nos bouches pour attraper les gouttes d'eau.

L'étrange flocon de neige glissa sur le pare-brise tandis que je conduisais toujours. Je baissai le volume de la radio, le réduisant à murmure, écoutant la respiration de Gavin. Le Red Bull était amer sur ma langue alors que les souvenirs me traversaient l'esprit.

Il avait plu, cette après-midi-là pendant une heure… jusqu'à nous noyer, comme aurait dit ma grand-mère. Nos shorts et nos tee-shirts s'étaient collés à nos corps quand le soleil était réapparu entre les nuages. Les cheveux de Gavin avaient séché pendant que nous étions allongés, là, et cela avait été le jour où je n'avais finalement pas pu résister à tendre la main pour y faire courir mes doigts.

La tension humide dans l'air que la pluie avait banni était revenue en un clin d'œil. Gavin m'avait regardé avec de grands yeux, ne s'éloignant pas de mon contact. Mon esprit me criait d'arrêter, mais alors que ses lèvres se séparaient, je me penchai sur lui et l'embrassai. Nos nez se cognèrent, et il couina, mais miraculeusement, il ne me repoussa pas. Nous écrasâmes nos lèvres les unes sur les autres, et mon membre avait tellement durci que je pensais venir sur l'instant.

Nous nous roulâmes sur le côté dans l'herbe au bord de l'étang, nous embrassant violemment, nos langues s'enfonçant dans la bouche de l'autre gauchement, à présent. Nous pressant l'un contre l'autre, des mains cherchant des peaux…

— Cowabunga[2] !

Même maintenant, mon cœur rata un battement au souvenir de l'éclaboussure provoquée par l'un des garçons Warner, un peu plus loin, qui avait lancé une pierre dans l'étang. Nous nous étions rapidement redressés et nous étions à peine regardés l'un l'autre, nous précipitant vers l'eau pour cacher notre excitation.

— Oh, hey ! dit Joey Warner. Je pensais que j'étais le seul ici.

— Non ! dis-je en riant trop fort : ha-ha-ha.

J'avais lancé un regard à Gavin à côté de moi, mais il jouait avec l'eau et regardait les ondulations qui s'étalaient sur la surface.

---

[2] Cri de guerre.

— Charlie, tu sais que les parents de Pete Stiffler ne sont pas en ville ? Il organise une fête, ce soir. Il y aura peut-être de la bière !

Gavin fronça les sourcils.

— Nous ne devions peut-être pas boire. Nous pourrions avoir des problèmes.

— Ne t'inquiète pas, Saint Gavin, dis-je en lui adressant un sourire. Tout ira bien.

Je dépassai un camion et revins sur ma file. Lorsque je regardai Gavin à présent, le ressentiment revenait en force. Je savais que c'était moi qui l'avais embrassé, et je suppose qu'il avait été trop gentil ou trop excité pour me repousser. Je n'aurais pas dû le blâmer pour ça. Mais cette nuit-là alors que nous nous avancions vers la maison de Pete Stiffler, il m'avait rapidement embrassé dans les ténèbres, et avec un sourire timide, il avait murmuré : *retournons à l'étang, demain.*

Nous ne l'avions jamais fait.

Alors que je suivais les lignes jaunes et droites de l'autoroute avec un Gavin dormant à côté de moi, cela me fit, en quelque sorte, plus mal qu'auparavant.

Trois

Gavin

22 Décembre

— Putain !

Je me réveillai en sursautant. Ma bouche était sèche et j'humidifiai mes lèvres, clignant des yeux en regardant Charlie.

— Que se passe-t-il ?

— Tu ne le sens pas ? Quelque chose s'est coincé dans la roue !

Il ralentit, et je réalisai que, oui, il y avait une résistance du côté droit de la voiture. Alors que Charlie se garait, je jetai un coup d'œil autour de nous. Il n'y avait que l'obscurité dans toutes les directions, à part deux phares au loin, de l'autre côté de la route. Et le monde était blanc, mais ce n'était pas du sel, cette fois-ci. Je regardai la neige.

— Où sommes-nous ?

— Wyoming. Merde !

Charlie frappa le volant de son poing.

— Je suppose que tu n'as pas de gants ou quelque chose comme ça ?

— Non. Tous mes vêtements d'hiver sont à la maison. J'ai pensé que j'en achèterais peut-être sur le chemin.

En regardant l'heure, je vis qu'il était 3 h 47, mais je ne savais pas si c'était l'heure de Californie. Nous avions apparemment dépassé Salt Lake City et toutes les montagnes, et étions de retour sur les terrains plats. Au moins, la route et le bas-côté avaient été dégagés de toute neige, et celle qui recouvrait encore une partie des terres qui s'étendaient dans chaque direction n'avait pas l'air fraîche. Les épaules de Charlie s'affaissèrent alors qu'il prenait une profonde inspiration et redressait son sweat, le fermant jusqu'en haut.

— D'accord, je vais voir.

Il tourna la tête pour vérifier la route – qui était toujours vide – et ouvrit la porte, laissant le moteur tourner. Le souffle du vent d'hiver me fit frissonner en une seconde, et je resserrai ma veste plus fort avant de le rejoindre. Un vent violent siffla dans mes oreilles et j'enfouis mes mains dans mes poches alors que je me penchais sur la roue devant laquelle Charlie était accroupi.

— Merde !

Il se redressa et donna un coup de pied à la roue.

Mon cœur se serra. C'était impossible de conduire plus loin sur cette chose, et je ne me rappelais pas avoir vu de roue de secours dans le coffre. Je m'y précipitai pour vérifier à nouveau.

— Aucune roue de secours.

J'utilisai la lumière de mon téléphone pour examiner le coffre.

— Même pas un cric. Ce genre de trucs devrait être à l'intérieur, non ?

— Je ne sais pas. Je n'ai jamais loué une voiture auparavant. Putain !

— Ça va aller. Nous appellerons quelqu'un…

Je relevai mon téléphone, le tournant en rond. Les mots redoutables restèrent sur l'écran.

Pas de réseau.

— Nous devrons arrêter quelqu'un.

Je jetai un coup d'œil sur la route vide, claquant des dents.

— Et si nous ne pouvons pas l'arranger ? demanda Charlie en se tenant devant la roue endommagée, la regardant. Je dois rentrer à temps.

— Nous avons encore quelques jours. Ça ira.

Il ne sembla pas vraiment m'entendre. Secouant la tête, il croisa les bras sur son torse, se resserrant. J'entendis à peine un murmure.

— Merde, si je ne suis pas là-bas…

Charlie ferma les yeux, et il avait l'air si jeune en ce moment alors qu'il tremblait. Je me penchai en avant, et dans la lumière des néons, je me rendis compte qu'une larme s'était échappée de ses cils. Je retins mon souffle, et me raidis.

Charlie pleurait ?

Je ne l'avais jamais vu pleurer auparavant, et je *détestais* ça. Cela faisait mal d'une manière que je n'avais pas pensé possible. J'avais peur de dire quelque chose, mais je le devais.

— Qu'y a-t-il ?

— Rien, coassa-t-il, secouant la tête à nouveau, ses yeux encore fermés.

Avant que je ne puisse réfléchir, je tendis la main. Je sentis la dureté de son épaule à travers le coton de son sweat, et il inspira profondément.

— Ne fais pas ça, s'il te plaît.

— Ça va aller. Tout ira bien.

Il frissonna violemment et je tentai de frotter son dos, mes doigts s'engourdissant à cause du froid glacial.

— Nous allons arranger ça, continuai-je. Tu as dû rouler sur quelque chose, et…

Charlie s'éloigna, essuyant ses yeux avec des mouvements brusques.

— Alors, c'est ma faute ? Je n'ai rien vu ! Comment suis-je supposé voir ici ?

Je cillai et reculai d'un pas. C'était comme si on avait appuyé sur un interrupteur et que Charlie avait fermé la porte à ses sentiments. Je détestais voir ça, autant que les larmes.

— Bien sûr que ce n'est pas de ta faute. Je n'ai pas dit ça.

— Mais tu le pensais ! dit-il en tirant son téléphone de sa poche, et en tapant dessus.

Je serrai la mâchoire.

— *Non*, ce n'est pas du tout ce que je pensais. Je disais juste que quelque chose a pu perforer la roue. Cela aurait pu être moi, si j'avais conduit. Ne me fais pas dire ce que je n'ai pas dit. Calme-toi. Nous allons arranger ça.

Son rire amer m'interrompit comme le vent violent.

— Me détendre ? Nous sommes au milieu de nulle part, sans aucun réseau.

— Nous allons arrêter quelqu'un.

— Et puis quoi ? Tu penses qu'ils vont nous donner une roue de secours ?

Il tapa sur son téléphone à nouveau, secouant la tête.

— J'aurais dû savoir que ce serait un désastre, continua-t-il. Bien sûr que ça le serait. Puisque tu es concerné.

Je croisai fermement les bras.

— Oh, c'est *ma* faute maintenant ?

Apparemment, le froid avait figé mon esprit et j'avais oublié quel connard il pouvait être. Pourquoi devrais-je me sentir désolé pour lui ? Me durcissant, je me concentrai sur le vieux ressentiment que je ressentais.

— Que vas-tu faire ? Me frapper encore ?

La tête de Charlie se releva brusquement, ses yeux brillant furieusement.

— Peut-être que oui. Je suis certain que *Candace* va te donner un bisou pour te soulager.

Nos souffles sortaient en de furieux nuages dans l'air froid.

— Ne parle pas d'elle. Je ne sais pas ce qu'elle t'a fait…

— Tu es sérieux, là ?

Incrédule, il me regarda.

— Tu sais très bien ce qu'elle a fait. Ce que *tu* as fait.

Je secouai la tête.

— Rien n'était de sa faute. Je sais… je sais que c'est moche ce qui s'est passé en troisième année, mais ce n'est pas une excuse pour la traiter de cette manière. Et j'ai tout gâché, mais cela ne te donnait pas le droit de me casser le nez ! Tu as eu de la chance que j'aie dit à mes parents que je m'étais cogné à une crosse. J'aurais pu te faire arrêter pour ce coup de poing.

Ses lèvres formèrent une ligne fine.

— Tu n'aurais pas dû me faire de faveurs, Saint Gavin.

— Ne m'appelle pas comme ça !

Les fumées d'échappement de la voiture soufflaient autour de mes genoux, et je voulus crier.

— Je sais que j'ai fait des erreurs, mais ce jour-là, dans la pizzeria, je ne t'ai jamais rien dit.

— Tu as ri !

Ses mots retentirent durement.

— Et alors ? Tu as laissé tomber ta tranche de pizza et tu as renversé ton soda sur tout le sol. Tout le monde riait ! Ce n'était pas grand-chose !

— *Tout le monde* n'était pas le premier garçon que j'ai jamais embrassé ! *Tout le monde* n'avait pas brisé mon putain de cœur !

Me tenant là, sur le bas-côté de cette route déserte, l'aube et la maison semblant à une éternité de distance, nous nous regardâmes, nos poitrines s'élevant, et nos poings se serrant. Le regret se mélangeait à de la honte, et j'aurais tellement voulu revenir à ce moment-là et me montrer courageux.

Les épaules de Charlie s'affaissèrent, et il baissa la tête. Je pouvais à peine l'entendre maintenant.

— Tu étais là avec ta petite amie parfaite et avec tous tes amis populaires, et tu ne m'as même pas *accordé un regard* pendant des années. Mais tu me regardais là-bas. Tu te *moquais* de moi.

Ma colère fut emportée par le vent glacial, s'éloignant à travers le vaste vide qui nous entourait.

Je frissonnai.

— Je ne voulais pas…, commençai-je en secouant la tête. Charlie…

Il faisait déjà le tour de la voiture et s'engouffrait à l'intérieur. Je pris le siège passager, content de la chaleur à défaut d'autre chose. Nous tînmes nos mains levées devant le chauffage alors que j'essayais de trouver les bons mots.

— Tu as raison. C'était con d'avoir agi comme ça. Ça l'était. Je suis désolé. Si j'avais pu revenir en arrière, je l'aurais fait. Mais s'il te plaît, ne blâme pas Candace. Je sais que tu me détestes, mais elle ne t'a jamais rien fait. Elle ne… elle ne sait pas à propos de nous, Charlie. Je ne lui ai jamais dit.

Le souffle chaud venant du chauffage était le seul bruit à part notre respiration légère. Après quelques secondes, Charlie parla doucement, son regard fixé sur le volant.

— Je n'aurais pas dû te frapper, ni dire ces choses horribles à Candace. Je le sais. Je suis désolé de l'avoir fait. Je lui dois des excuses, mais je me suis laissé emporter à la place. C'était plus facile de haïr le monde que d'y faire face.

— Ouais, dis-je, les mots sortant étrangement de ma gorge. J'y connais quelque chose.

Sa voix était presque un murmure.

— Tu n'aurais pas dû me trahir comme ça. Tu ne connaissais personne, lorsque tu as emménagé à Norwalk, et j'étais ton ami. Mais ensuite, tu as connu Candace et les enfants populaires, et tout à coup, je n'étais plus rien pour toi. Je sais que tu n'es pas… même si tu ne m'avais pas aimé de la même manière, tu étais toujours mon ami.

Il prit une inspiration tremblante.

— Tu étais le meilleur ami que je n'avais jamais eu. Personne ne comptait plus que toi.

Ma gorge était tellement serrée que je ne pus rien dire, et le sang bourdonna à mes oreilles. Je tendis la main, mes doigts touchant les siens devant le chauffage, le souffle chaud provoquant des picotements.

— Charlie, je…

Un coup de klaxon nous fit sursauter tous les deux, et j'éloignai ma main. Des lumières rouges apparurent alors qu'un pick-up nous dépassait et se garait sur le bas-côté. J'allais lâcher prise et dire toutes les choses que je voulais dire, mais Charlie était déjà dehors, courant vers le camion avant que je ne puisse sortir une phrase. Je le suivis.

— Vous avez besoin d'aide, les garçons ? dit un vieil homme en sortant du véhicule.

— Nous avons un pneu crevé. Je suppose que vous n'avez pas de roue de secours ? demanda Charlie. Nous aurions pu appeler Triple-A, mais il n'y a aucun réseau.

L'homme siffla.

— Oh, vous devriez attendre un long et horrible moment avant qu'ils ne puissent se montrer, à condition même que vous puissiez appeler.

Il regarda la Jetta.

— J'ai une roue de secours, mais elle est trop grande. J'ai un crochet à l'arrière, alors je peux vous remorquer jusqu'à la Petite Amérique. Il y a un garage là-bas qui devrait vous arranger le truc, au matin.

— Petite Amérique ? demandai-je.

— Ouais. Ils l'ont appelé comme ça d'après un hôtel. Le vieil Earl Holding était le premier à s'installer ici, au milieu de nulle part, bien des décennies plus tôt. Maintenant, nous ne sommes que soixante-dix qui vivons à l'hôtel. C'est un peu comme une oasis pour des voyageurs tels que vous. Nous sommes la plus grande station d'essence perdue depuis un moment… cinquante-cinq pompes. Mais maintenant, il y a le Buc-ee's au Texas avec soixante, dit-il en riant. On dit que nous pourrions aller jusqu'à soixante et une pompes, rien que pour les dépasser. Bien ! Je vais vous remorquer. Oh, au fait… je suis Bill.

Après nous être présentés, Charlie et moi nous tînmes debout, gauchement, alors que Bill accrochait la Jetta à son pick-up. Finalement, il nous demanda d'entrer dans la cabine, nous réprimandant de ne pas porter de gants. Charlie se glissa au milieu et je le suivis, m'installant sur le côté droit du pick-up. Mes oreilles picotaient à cause du froid, et je soufflai sur mes mains. Il y avait tellement de choses que je voulais dire, mais à présent, ces choses avaient glissé dans tous les coins et recoins de mon esprit, comme de l'eau sur les pierres. Je me raclai la gorge et réussis à dire :

— Je pense que nous…

— Oublie ça. Ce n'est rien. Nous devons de nous concentrer sur la maison. C'était il y a longtemps. Cela n'a plus d'importance maintenant, pas vrai ?

Je regardai sa paume d'Adam monter et descendre alors qu'il se frottait les mains, et mes doigts mourraient d'envie de le toucher. Je ne savais même pas où exactement. *Partout.* Je l'avais vu grandir de loin, et être à côté de Charlie maintenant me faisait frissonner. Cela me semblait tellement important que ça me coupait le souffle.

Puis Bill grimpa sur le siège conducteur, et nous prîmes le chemin vers l'endroit qui s'appelait Petite Amérique.

Charlie

— Vous avez de la chance ! Il m'en reste une double.

Le réceptionniste – Stephen – tapa sur son ordinateur.

— Je vais juste avoir besoin de votre carte de crédit.

Je m'efforçai de prendre un ton raisonnable.

— Une double ? Nous avons, en fait, besoin d'une chambre avec deux lits.

Stephen eut ce sourire triste et il inclina de tête. Je m'affaissai contre le comptoir.

— Alors, désolé, messieurs. C'est notre festival annuel de Noël de la Petite Amérique, ce week-end. C'est vraiment la seule chambre qui nous reste.

— Il n'y a pas d'autres hôtels en ville ? demanda Gavin.

Stephen sourit.

— Nous *sommes* en ville.

Je lui donnai ma carte de crédit, puisque nous n'avions clairement plus d'options et nous pouvions au moins essayer d'avoir deux heures de sommeil. Bill nous avait remorqués vers le garage, à côté de l'énorme station d'essence, et nous avions marché vers l'hôtel, qui était plus qu'un énorme motel. Tout le complexe se trouvait vraiment au milieu de nulle part.

— Et vous nous avez dit que vous laisseriez un message pour la roue de secours ?

— Bien sûr.

Stephen leur tendit une longue enveloppe avec deux cartes magnétiques à l'intérieur.

— Maintenant, dès que vous sortez, tournez à droite. Vous allez voir notre agence de voyages derrière le Village du Père Noël. L'agence est ouverte 24 h sur 24 h, et j'espère que vous trouverez une nourriture bien chaude là-bas si vous voulez. Et votre chambre est juste de ce côté-là, dit-il en indiquant une carte laminé du complexe qui se trouvait sur le comptoir.

— Vendent-ils des bonnets et des gants ici ? demanda Gavin. C'était un voyage inattendu.

— Vous aurez plus de chance dans la boutique de souvenirs, qui ouvre à six heures trente.

Stephen regarda l'heure sur le mur.

— Dans pas très longtemps, maintenant.

— Super, merci, dit Gavin en souriant faiblement.

— Et il y a de super activités, le matin ! La chasse aux bonbons, du patinage sur glace sur notre étang, et notre fameuse course de rennes !

— Ça m'a l'air super, mentis-je. Je vous remercie.

À l'extérieur, nous nous traînâmes avec nos valises. Ça *craignait*. Nous avions réussi à rattraper le retard, et avancer. Et ensuite, j'avais déterré toutes ces vieilles querelles. Je savais que cela avait été mal de frapper Gavin, ce jour-là. Et maintenant, je ne pouvais m'empêcher de repenser aux yeux écarquillés de Candace ou au sang de Gavin qui gouttait sur sa chemise jaune alors qu'elle tenait sa tête.

— Charlie, qu'est-ce qui se passe ? Pourquoi as-tu fait ça ?

Je ne pouvais répondre. Tout le monde me regardait comme si j'étais un monstre.

— Va te faire foutre, espèce de pute !

Puis je crachai la pire injure que j'avais pu trouver.

— Pétasse !

Je m'étais détesté au moment même où je l'avais dit, et ma pensée suivante avait été à quel point mes parents auraient eu honte de moi s'ils m'avaient entendu. Et j'avais blessé Gavin, qui m'avait regardé, choqué, tenant sa main sur son nez alors que le sang coulait. Ce qu'il m'avait fait n'avait pas d'importance. J'avais été un tel connard, ce jour-là, et maintenant, mes joues brûlaient de honte, plus que le froid, alors que nous nous approchions de l'agence de voyages fluorescente.

Quand j'étais sorti de la pizzeria, ce jour-là, tout le monde s'était contenté de me regarder, leurs murmures me poursuivant. J'avais déjà arrêté de sortir avec mes amis, à cette époque-là ; avec Ava si malade, je n'avais voulu parler à personne à propos de quoi que ce soit. Après que la rumeur ait été répandue sur ce que j'avais fait à Gavin, les gens avaient commencé à m'éviter, et j'avais toujours gardé la tête baissée avec mes écouteurs bien en place. Je ne pouvais pas les blâmer. Et comment aurais-je pu en vouloir à Gavin de m'avoir laissé tomber en troisième année de collège ? Il avait été mieux sans moi.

Tim avait été… eh bien, si je devais être honnête avec moi-même, Tim avait été une distraction. Nous avions baisé, nous nous étions détendus ensemble, et n'avions jamais parlé de quoi que ce soit. C'était un gars gentil, dont les principales passions dans la vie étaient de fumer et de tuer des zombies aux jeux vidéo. Il aimait nos relations sexuelles, et c'était bon de se sentir désiré. Nous avions eu de bons moments, mais il ne me manquait pas. Loin des yeux, loin du cœur.

À l'université, baiser un mec était bon, mais plus que ça me donnait envie de m'enfermer dans mon dortoir. Dieu merci, j'étais resté célibataire. Et maintenant, j'étais là, coincé ici, à partager une chambre avec le seul gars que je désirais vraiment.

Je me frottais le visage alors que nous traversions la Petite Amérique. Je devais rentrer à la maison pour Noël et tenir ma promesse faite à Ava. *Je ne peux pas la laisser être malade, encore,* murmura une petite voix, et je la repoussai, parce que ce stupide cauchemar n'était pas réel. Comme pour contester, mon esprit rejoua les images de la chambre d'hôpital vide, qui n'avait plus de draps, le lugubre médecin, et mon Ava partie, partie, partie. Frissonnant, j'aurais voulu laver mon esprit et nettoyer les souvenirs de ce maudit rêve.

— Je pense que je vais juste me mettre au lit, dit Gavin en s'arrêtant au coin de notre chambre.

— Ouais. Je n'ai pas faim non plus.

Nous nous avançâmes alors avec nos têtes baissées tandis que le vent hurlait, les roues de nos valises faisant de petits bruits sur le sol. Gavin ouvrit la porte et alluma.

— Whaou, c'est…

— Retro ?

Je regardai la chaise dorée, avec des dessins dessus, il lui manquait seulement une couverture en plastique, le faisant ressembler à une antiquité. Le couvre-lit double était de la même couleur et le tapis, vert.

— Je suppose qu'ils sont nostalgiques, dit-il, puis son regard tomba sur le lit. Je peux dormir sur le sol, si tu veux. Ce sera seulement pour quelques heures de toute façon.

Une partie de moi voulait vraiment le prendre au mot.

— Non, c'est… ce n'est rien. Nous sommes adultes maintenant, pas vrai ? Et comme tu l'as dit, ce n'est que pour quelques heures.

— Ouais, bien sûr.

Mon dieu ou peu importe qui m'entend, s'il vous plaît, faîtes que le garage répare rapidement la roue pour que nous puissions reprendre la route.

J'enlevai mes chaussures alors que Gavin allait à salle de bain. Je lus la carte de l'hôtel et essayai de ne pas regarder le lit. Au moins, nous avions fait une trêve. Je serrai les dents en pensant à la manière dont je m'étais montré faible sur le bas-côté de la route. Pfff, il m'avait vu *pleurer*, et l'humiliation était amère. C'était plus facile lorsque je le détestais. Plus facile quand nous ne parlions pas, et je pouvais oublier le ton inquiet de sa voix et le poids de sa main compatissante.

Et combien je voulais être dans ses bras et laisser mes larmes couler.

Putain, que m'arrivait-il ? Ava allait bien. Je devais me ressaisir. Je n'avais jamais été superstitieux, et je devais oublier ce rêve.

Portant un tee-shirt vert et un boxer, Gavin sortit de la salle de bain et se glissa sous les couvertures, du côté de la porte. J'éteignis les lumières et pris mon temps sous la douche, espérant qu'il dorme lorsque je sortirais dans la chambre sombre. Les rideaux étaient ouverts de quelques centimètres, me donnant assez de lumière pour trouver mon chemin.

Je m'assis doucement de mon côté du lit, et me mis sous les couvertures aussi silencieusement que je le pouvais. Gavin était roulé en boule, loin de moi, et je regardai son reflet, lui tournant le dos. M'obligeant à me détendre, j'attendis que le monde autour de moi disparaisse. Le silence était trop lourd, et je savais que Gavin n'était pas endormi. Je fermai résolument les yeux. Sérieusement, à quoi bon rabâcher ? Nous étions coincés ensemble dans ce voyage, et ensuite, nous ne parlerions plus à nouveau. Nous avions été amis seulement pendant deux mois après qu'il ait emménagé à Norwalk. Nous étions des inconnus maintenant.

Alors, pourquoi avais-je envie de rouler et de me presser contre lui, d'inhaler son odeur et de le goûter ? J'avais été avec quelques hommes. Pourquoi l'avais-je dans la peau ? Ils disaient que vous n'oubliez jamais votre premier amour, mais c'était ridicule. Ce n'était pas comme si nous avions vécu une grande histoire d'amour. Un jour de baisers et de caresses devrait être oublié depuis longtemps.

Même si cela m'avait anéanti à cette époque, nous étions des enfants. Cela ne devrait plus rien signifier, maintenant.

Gavin remua légèrement et je retins mon souffle. Je pouvais sentir la chaleur de son corps à quelques centimètres de moi, et j'étais dangereusement sur le point de tomber du lit. J'écoutai Gavin qui ne dormait pas, et regardai les minutes s'égrener lentement sur l'écran LCD du réveil. C'était techniquement déjà le matin, mais l'aube ne pouvait pas arriver aussi vite.

Gavin

Sombrant dans un monde entre sommeil et éveil, tout mon corps était tendu et mes jambes étaient presque collées contre mon torse. Mes cheveux étaient humides des sueurs nocturnes, et même si je savais que j'avais besoin de dormir, cela n'allait pas arriver. Je supposais que deux heures de demi-sommeil devraient suffire, et j'ouvris les yeux à la lumière du matin gris qui filtrait à travers les rideaux.

Derrière moi, Charlie ronflait faiblement. Je me mis sur le dos et étendis mes jambes ankylosées, fléchissant mes orteils alors que je le regardais. Il s'était tourné à un moment et sa main touchait presque mon bras. Ses lèvres étaient entrouvertes, et Seigneur, je sais que c'était un cliché, mais il avait l'air si innocent.

Sans la dureté de sa mâchoire et de ses épaules tendues, il me rappelait tellement le Charlie que j'avais connu, cet été-là. Le Charlie qui avait été mon ami jusqu'à ce que je gâche tout.

Jusqu'à ce que je lui brise le cœur.

Il marmonna, se léchant les lèvres avant de se rendormir, et je me demandais ce que cela me ferait de l'embrasser maintenant. Ce jour-là à l'étang, cela avait été un délire de caresses et de baisers alors que nos hormones explosaient comme des pétards sous nos pieds. Je voulais l'embrasser lentement, maintenant… lui faire entrouvrir ses lèvres et sentir la caresse humide de sa langue alors que son léger chaume frottait contre le mien.

J'inspirai profondément. Merde, je ne devrais *pas* penser à ce genre de choses avec une érection matinale qui était plus que prête. Mon cœur battit rapidement et je ne pus détourner le regard. Il faisait chaud dans la chambre et il avait repoussé les couvertures à ses pieds. Son tee-shirt blanc s'était relevé et révélait un peu son ventre et les poils sombres qui disparaissaient sous la ceinture. Ses jambes étaient velues aussi, et son genou gauche était légèrement incliné, montrant un grain de beauté sur sa cuisse que je voulais lécher. Je pouvais voir son sexe à travers son boxer, et je me demandais ce que je ressentirais en le prenant dans ma bouche.

Une vague de désir et de terreur fit resserrer mes boules. Merde, j'aurais dû avoir le courage de baiser avec des mecs à l'école ; peut-être que je ne serais pas si foutrement coincé. Mais j'avais été trop lâche. Je repensai à Candace juste avant qu'elle n'aille à New York, me donnant un coup de coude.

— Quand est-ce que tu vas le faire ? Contente-toi de faire le grand saut avec tes deux pieds. Et mains. Et…

Elle se pencha vers moi et murmura :

— Et ta… tu sais… ta queue. Ce sera génial !

Mais elle avait eu tort. Le sexe avec elle, les quelques fois qu'ils l'avaient fait, avait été bizarre et pas vraiment *juste*, mais cela ne m'avait pas fait peur. Peut-être parce que je la connaissais si bien. Ou peut-être parce que je faisais ça pour la forme depuis si longtemps que c'était juste une autre performance. Et je tenais sincèrement à Candace, et avais voulu que sa première fois soit bonne. J'avais été tellement concentré sur ça, que j'avais ignoré ce dont j'avais vraiment besoin.

La vérité était, qu'à la pensée de baiser un autre gars dans la vraie vie, et non pas juste dans mes fantasmes était absolument et positivement pétrifiante. Peu importait le fait que c'était *Charlie* que je reluquais à l'instant même. Parce que, même si j'essayais de me convaincre que j'avais juste besoin d'une queue, je savais que c'était un mensonge.

C'était Charlie que je voulais toucher et goûter. Je le désirais avant, et encore maintenant.

Mais après ce qui s'était passé, Charlie ne pourrait jamais m'aimer à nouveau, et je ne pouvais pas lui en vouloir. Mon téléphone mis en mode silencieux s'illumina, et je tendis la main pour le prendre et lire le message de mon père, content de la distraction.

Comment se passe le voyage ? Tu as toujours de l'argent ?

Je tapai de mes pouces et répondis :

Tout va bien, et oui, j'en ai. Je me réveille juste dans le Wyoming. Dis bonjour à maman. J'espère qu'il fait plus chaud là-bas qu'ici ! ☺

La réponse de mon père fut une photo du magnifique sable blanc et d'un océan bleu avec un superbe lever de soleil. Il ajouta :

Fais attention en conduisant, et embrasse Candace de notre part. Nous nous verrons à votre retour du ski. Sois prudent, mon garçon.

J'éteignis mon portable et soupirai. Je n'avais pas mentionné le problème de la roue ni la présence de Charlie, parce qu'autrement mon père aurait eu beaucoup de questions auxquelles je ne voulais pas répondre. Des questions qu'il ne voulait pas poser.

Depuis que j'étais parti à l'université, mes parents et moi avions parlé de mes cours, du temps qu'il faisait, du club de lecture de ma mère, et de la ligue de bowling de mon père, et nous n'avions jamais abordé les sujets qui importaient vraiment. Maman voulait clairement que je retourne avec Candace, mais elle ne m'avait même pas demandé si j'avais rencontré d'autres filles. Papa ne l'avait sûrement pas fait non plus.

Je l'admettais… quand Candace et moi avions rompu, j'avais attendu que mon père m'en demande la raison. Parler du fait que j'étais gay. C'était toujours aussi étrange de le penser : *Je suis gay. Je suis vraiment, réellement gay.* J'étais sûr qu'il allait me demander de m'asseoir et d'en parler. J'avais attendu. Et attendu. Ensuite, le jour de mon départ pour Stanford était arrivé, et nous avions seulement parlé de mon job à la piscine locale, des chances de réussite des Red Sox, et de quelques trucs superficiels.

Je fermai les yeux alors que je repensais au lundi qui avait suivi la Fête du Travail dans l'atelier, quatre ans plus tôt, le matin après avoir embrassé un garçon, puis une fille. Le matin où je n'avais pas su quoi faire, parce que c'était le garçon que je voulais vraiment, vraiment embrasser, à nouveau. Papa avait toujours été mon meilleur ami. Il m'avait toujours si bien conseillé. Il avait toujours su ce qui était le mieux.

— *Ne le dis pas à ta mère.*

Charlie remua à nouveau, gémissant alors qu'il se réveillait, et le poids de tout ce que j'avais manqué durant les quatre dernières années pesa lourd sur mes épaules, comme si j'étais en train de sombrer dans l'océan. Je sortis précipitamment du lit et m'enfermai dans la salle de bain, tournant le robinet de la douche au maximum afin qu'il ne puisse pas m'entendre pleurer.

Quatre

Gavin

— D'accord, merci.

Charlie raccrocha le téléphone à côté de la table de nuit alors que je sortais de la salle de bain, habillé et rasé.

— Elle sera prête à onze heures. Apparemment, ils sont occupés avec deux camions d'abord. Devrions-nous appeler la société de location ? Ils feraient bien de nous rembourser l'argent que nous allons dépenser pour cette roue.

— Nous sommes assurés, donc, je l'espère vraiment. Je les appellerai plus tard. Désolé si ça m'a pris longtemps dans la salle de bain.

— J'ai vu un panneau pour un déjeuner de pancakes comme faisant partie de ce festival. Tu veux y aller ?

— D'accord.

Charlie ouvrit son énorme valise rose, et fouilla, sortant une boîte de Transformers, assez étrange.

— Je vais prendre une autre douche, dit-il, en sortant un autre boxer du fond de sa valise. Tu n'es pas obligé de m'attendre.

— Ça ne me pose pas de souci. Je ne meurs pas de faim.

Je m'assis au bord du lit, m'adossant contre la tête de lit et allumant la télévision. Comme il l'avait dit, nous étions adultes maintenant. Nous pouvions être courtois et agir normalement.

— Peut-être que nous devrions acheter Optimus Prime[3] aussi après le déjeuner.

Il sourit timidement.

— Ils sont pour Ava.

Je lui souris en retour.

— Cool. Je suis sûr qu'elle va les adorer.

Je chassai un fil parasite sur la couverture froissée.

— Est-elle… tu as dit qu'elle était en rémission ?

Charlie avait pris une des boîtes de Transformers, et, la retournait maintenant dans ses mains.

— Ouais, je lui ai donné ma moelle osseuse, et ça a marché. Elle a dû faire beaucoup de chimio et ce genre de trucs, mais cela a marché.

— Tu as donné ta moelle ?

Ses sourcils se froncèrent, sa voix faible.

— Tu pensais vraiment que je ne le ferais pas ?

— Non, non, bien sûr que tu le ferais. Je ne le savais pas, c'est tout.

Il inspira et fit courir une main à travers ses cheveux en épis.

— D'accord. Eh bien, ouais, j'ai donné ma moelle, et elle va mieux.

Il joua avec la boîte à nouveau, ses yeux fixés sur elle.

— Pour l'instant, du moins.

Il y avait un millier de choses que je voulais dire, mais les mots ne voulaient pas sortir.

— Tu n'as pas arrêté les cours, non ? demandai-je à la place. Pour la moelle ?

---

[3] Un des personnages de l'univers Transformers.

— Seulement une journée. Cela n'a pas pris longtemps. J'étais juste fatigué. J'ai dormi pendant tout un week-end, et ensuite, j'allais bien.

— Ça t'a fait mal ?

— J'ai souffert le martyre. J'avais eu une anesthésie locale, mais ça m'a fait mal. Pendant deux jours, au moins.

Il se tourna au pied du lit et releva un peu son tee-shirt.

— J'ai une petite cicatrice de l'une des incisions.

Il fit descendre son boxer plus bas.

— Tu vois ? poursuivit-il.

Mon cœur se mit à battre plus fort alors que je rampais sur le lit et regardais le bas de son dos. Sur le côté gauche, je pouvais voir une ligne mince, et je tendis une main pour la toucher du bout de mes doigts avant que je ne puisse m'en empêcher. Tandis que j'en suivais le contour, je le sentis frissonner.

— Désolé, j'ai les mains froides.

— Pas de souci, marmonna-t-il d'une voix étranglée.

— Tu as dit que c'était seulement douloureux pendant quelque temps ? Ça ne te fait plus mal, pas vrai ? demandai-je en arrêtant de bouger mon doigt, mais ne retirant pas ma main.

Charlie secoua la tête, se détournant.

— Ils l'ont pris de ton os de la hanche ?

— Ouais, répondit-il, figé alors que j'inspectais la cicatrice, faisant courir mon doigt sur la peau pâle.

— Tu as dit qu'elle allait mieux maintenant. Y a-t-il une possibilité que ça revienne ?

— Il y a toujours un risque. Surtout si je…

Il laissa retomber son tee-shirt et s'éloigna, vidant les vêtements de sa valise et ne me regardant pas.

— Si tu quoi ? demandai-je.

Assis en tailleur au bord du lit, je regardais ses mouvements brusques. Je voulais tellement le toucher que je serrai les poings.

— Je dois juste arriver aussi vite que possible.

— Ou sinon quoi ? Que va-t-il se passer si tu manques Noël ? Je veux dire, je sais que c'est un moment douloureux pour vous tous, mais j'ai le sentiment que c'est plus que ça. De quoi as-tu peur ?

Ne me regardant toujours pas, Charlie se redressa et prit le jean dans ses mains.

— C'est idiot. Je sais que ça l'est. Mais je ne peux me le sortir de la tête.

— Quoi ?

Ses joues se gonflèrent alors qu'il poussait un soupir bruyant.

— J'ai rêvé que je n'étais pas arrivé à temps pour Noël et qu'Ava était morte.

Je cillai.

— C'est horrible. Je suis désolé. Mais un rêve ne veut rien dire. Je ne pense pas qu'ils veulent dire quelque chose.

Regardant son jean chiffonné dans ses mains, il hocha la tête.

— Cela avait l'air si réaliste, pourtant. Je peux me rappeler de toute la scène comme si c'était vraiment arrivé. Je pouvais même sentir les antiseptiques de l'hôpital.

Je voulais me rapprocher davantage de lui, mais j'avais peur qu'il arrête de me parler.

— Je déteste ce genre de cauchemars, dis-je.

— Ouais. La seule raison pour laquelle je suis parti pour l'université était parce qu'elle était en rémission. Je ne serais jamais parti sinon. J'ai détesté la quitter, mais ils m'avaient donné une bourse, et maman et papa ont insisté pour que je vive ma vie. Mais je ne peux imaginer ma vie sans elle. Et quand je lui ai dit que j'allais partir…

Il inspira profondément.

— Cela a dû être dur.

Charlie plia et déplia son jean, ne me regardant toujours pas.

— Ouais. Elle a essayé d'être courageuse comme elle le fait d'habitude, mais j'ai toujours été là pour elle, tu sais ? Et je lui ai promis que je serais là pour Noël puisque nous n'avions pas pu nous permettre de payer le voyage pour Thanksgiving aussi, et en période de Noël, il y a de longues vacances. Je sais que nous devrions avoir plus d'argent puisque mon père est un avocat, mais même avec l'assurance, les frais de l'hôpital sont devenus assez lourds.

— Mon Dieu, je ne peux que l'imaginer.

— J'ai promis. Je l'ai regardé dans les yeux et je lui ai juré que je serais là pour Noël. Les deux dernières années, elle était tellement malade qu'elle était à l'hôpital, tout le temps. C'est son premier Noël à la maison, et nous allons ouvrir nos cadeaux au milieu de la nuit, et ensuite, réveiller nos parents, et…

Il passa une main sur son visage.

— Faire tout ce que nous faisions avant qu'elle ne tombe malade.

— Tu vas le faire. Nous serons là-bas. Nous avons encore du temps. Je te ramènerai à la maison.

Même si je devais le porter sur mon dos comme il l'avait fait avec Ava, je le ferais.

Hochant la tête, il eut un soupir tremblant.

— Merci. Je ne sais pas pourquoi je suis un cas si désespéré. Désolé.

— Ne le sois pas, dis-je en me levant et avançant timidement vers lui. C'est tout à fait compréhensible.

— Si quelque chose devait lui arriver, et que je n'étais pas là, je ne sais pas ce que je ferais, murmura-t-il.

— Ça va aller, dis-je en posant une main sur son épaule, la pressant doucement. C'est normal d'avoir peur. Tu peux l'être. Tu n'as pas à être courageux tout le temps.

Il trembla, secouant la tête.

— *Moi* ? J'ai peur de tout.

— J'aurais cru le contraire.

Nos yeux se croisèrent.

— Ouais, je suppose.

Ma main reposait toujours sur son épaule, et je me penchai en avant, la vulnérabilité dans ses yeux bleus m'attirant comme un aimant.

— Charlie…

Il se pencha brusquement sur le côté, prenant plus de vêtements dans sa valise.

— Je dois juste m'en défaire.

Il se tortilla dans tous les sens, faisant bouger ses jambes et ses bras alors qu'il se redressait, puis me regarda, les joues rouges.

— Euh, c'est une chose qu'Ava et moi faisons. Quand elle faisait de la chimio, c'était notre petit… je ne sais pas… rituel, on va dire. Quand elle était faible, trop la plupart du temps pour même se lever, alors je le faisais pour elle. Comme pour éloigner toutes les mauvaises choses qu'elle ressentait. C'est stupide, je sais.

Ma poitrine se serra.

— Ce n'est pas stupide du tout.

Je détestais le fait qu'il ait traversé tellement de moments difficiles avec Ava et que je n'aie même pas essayé d'être là pour lui. Je bougeai les jambes et les bras.

— Là, je vais t'aider.

Il sourit alors, ce fut comme si un faisceau illuminait son visage alors qu'il se mettait à rire.

— Merci, Gav.

Oh, mon Dieu, mon cœur fondit comme neige au soleil, s'évadant presque de ma poitrine. L'entendre m'appeler Gav à nouveau, après si longtemps, je… cela signifiait beaucoup pour moi. Je réussis à parler sans que ma voix ne se mette à trembler.

— Pas de problème.

— Merci. Euh… si tu as faim maintenant, vas-y.

Évidemment, je n'allais nulle part. Je m'assis sur le bord du lit et fis défiler les chaînes de télévision, et quand Charlie sortit de sa douche, nous prétendîmes tous les deux que tout allait bien. Ce qui était vrai. C'était juste… bizarre, mais pas dans le mauvais sens.

Nous allâmes au magasin de souvenirs d'abord, et bientôt, nous fûmes vêtus d'habits ridicules de la Petite Amérique, avec des gants et des bonnets en laine avec un pompon au-dessus. Ils étaient tous de couleur bleue avec du rouge et du blanc. Nous étions lamentables, mais nous avions chaud. Après que Charlie ait acheté à Ava un globe à neige, nous nous avançâmes à travers le complexe pour prendre le petit déjeuner. De la musique de Noël sortait d'une enceinte acoustique près du Village du Père Noël, et nous fîmes la queue pour nos pancakes. Des gens portaient des vêtements de Noël, et des pull-overs vert et rouge, dont j'ignorais totalement l'existence.

Le vent s'était arrêté, alors il faisait bon, même si c'était nuageux. Des flocons de neige tombaient, et je me retrouvai en train de chantonner « Vive le vent… ». J'avais toujours aimé les illuminations et les chansons de Noël. Adam Sandler avait fait de son mieux pour remplir le vide créé, mais Noël avait toujours surpassé Hanoucca, en ce qui concernait la musique.

Nous nous assîmes à une table recouverte d'une nappe rouge et verte et coupâmes nos pancakes avec du sirop d'érable avec nos ustensiles en plastiques.

Je gémis.

— Mmm… C'est bon ! Je n'ai pas mangé de pancakes depuis longtemps.

— Moi non plus.

Charlie prit une autre bouchée.

— Je n'ai pas goûté de sirop d'érable depuis longtemps non plus. Ava aime plus le contrefait. Étrange, je sais.

J'indiquai son menton.

— Tu as de…

La langue de Charlie sortit et lécha la goutte de sirop qui glissait, et mon estomac papillonna.

— Quoi ? demanda-t-il en fronçant les sourcils. Je ne l'ai pas eue ?

Il essuya sa bouche avec une serviette.

— C'est parti, maintenant ?

— Euh… ouais.

J'enfouis une autre bouchée dans ma bouche et me concentrai sur mon assiette au lieu de regarder la langue de Charlie.

— Lis-tu toujours *The Walking Dead* ?

— Bien sûr. Et toi ?

Je hochai la tête.

— La dernière publication était incroyable. Je me demande s'ils vont aller aussi loin dans la série télévisé ?

— Probablement. Ils ont déjà fait les cannibales, alors je ne pense pas qu'ils aient peur de franchir cette étape. J'espère seulement qu'ils ne tueront pas Daryl.

— Nan. Il est trop populaire. Mais je suppose que ça ne me surprendrait pas, non plus.

— J'ai une théorie sur ce qui va arriver dans le reste de la saison.

Les yeux de Charlie s'illuminèrent tandis qu'il parlait, et il découpa son pancake avec enthousiasme. Alors qu'il me racontait sa théorie, je fus à nouveau frappé de nostalgie pour les années que nous avions ratées, et de toutes les conversations que nous aurions pu avoir sur les zombies, les bandes dessinées et les cannibales. Cet été-là lorsque nous nous étions rencontrés, nous roulions sur nos vélos, faisant de grandes virées, pédalant côte à côte dans les rues calmes et parlant de… tout.

— Bref, ça ne se passera probablement pas comme ça, mais ne serait-ce pas *génial* ?

Je souris.

— Totalement.

Charlie me regarda pendant un long moment, et ensuite, il baissa sa tête, agitant le pompon de son bonnet.

— Quoi ? demandai-je en fronçant les sourcils. J'ai quelque chose sur le visage ?

J'essuyai ma bouche avec une serviette.

Il releva le regard de son assiette.

— Ouais. Tu l'as eu.

Une femme portant un pull-over et un bonnet de laine festonné avec l'effigie d'elfes apparut à notre table, tenant un bloc-notes.

— Joyeux Noël, les garçons ! Vous êtes-vous inscrits pour la course de rennes ?

Je lui souris.

— Joyeux Noël. Non, nous sommes juste ici pour la matinée. Notre pneu a crevé.

— Eh bien, vous avez de la chance ! La course démarre dans vingt minutes. C'est pour une œuvre de charité. Plus nous aurons d'entrées, nous nous gagnerons d'argent pour offrir des cadeaux aux enfants pauvres de Cheyenne. Vous n'avez pas à payer pour jouer… Nous avons juste besoin de vos prouesses athlétiques. Qu'en dites-vous ?

Charlie et moi nous regardâmes. Puis il haussa les épaules.

— Pas de problème. Une petite course ne va pas nous faire de mal, surtout si c'est pour une bonne cause. Ce n'est pas loin, n'est-ce pas ? Nous devons revenir au garage dès que possible.

Elle indiqua le drapeau rouge et vert que l'on érigeait.

— Au bout du parking. Prenez votre temps. Donnez-moi vos noms.

Elle écrivit les informations sur son bloc-notes et nous donna deux cartons en plastique pour la course, les deux avec le nombre trente-six.

— Oh, nous n'avons pas besoin de numéros différents ? demandai-je.

— Non ! Vous allez faire une course en duo. Je vous revois sur la ligne de départ dans quinze minutes !

Et elle s'éloigna.

Nous nous regardâmes et haussâmes les épaules.

— Ça m'a l'air d'être assez facile, dit Charlie, jetant un coup d'œil à l'immensité du parking où le champ de courses était mis en place. Cela va être une course rapide.

Bientôt, nous nous tînmes debout sur la ligne de départ, portant nos ridicules bonnets avec nos numéros de dossards épinglés sur nos pulls. Je regardai l'organisateur de la course, un homme dans des vêtements de Père Noël.

— Attendez, quoi ? Les yeux bandés ? Sur le dos ?

Le Père Noël se mit à rire avec un *ho-ho-ho.*

— Vous voyez, vous êtes le renne, et lui, c'est le traineau, dit-il en indiquant Charlie. Il doit porter les sacs de cadeaux, rester sur votre dos, *et* vous donner la direction à suivre. C'est le défi !

— Mais… je ne me rappelle pas que Rodolphe avait les yeux *bandés* ! protestai-je.

Le Père Noël s'approcha de moi avec une bande dorée et rouge et me banda les yeux.

— Attendez, je ne pense pas que ce soit une bonne idée, insistai-je.

— Vous ne voyez vraiment rien ? demanda le Père Noël.

— Non ! C'est pour ça que c'est une mauvaise idée !

— Vous n'avez pas peur du noir, non ? *Ho-ho-ho* ! Bonne chance, les garçons !

Il me claqua légèrement le dos et s'éloigna.

La voix de Charlie était amusée.

— C'est comme une sorte de jeu SM de Noël. La Petite Amérique est vraiment perverse.

— C'est ridicule, dis-je en tendant la main pour enlever le bandeau, mais quelqu'un attrapa mon poignet.

— Charlie ?

Il était plus proche maintenant, et je pensais pouvoir sentir la chaleur de son corps.

— C'est moi. Ne t'inquiète pas, je ne vais pas laisser le Père Noël t'attacher sur sa planche de travail avec les elfes. À moins que tu n'aimes ça.

Ses doigts étaient réconfortants et solides autour de mon poignet. Nous avions enlevé nos gants pour prendre le petit déjeuner, et sans le vent mordant, nous n'avions pas eu besoin de les remettre.

Je voulais rire, mais mon cœur battait violemment contre ma poitrine. Il me relâcha, et je tendis les mains dans le vide, me sentant exposé et seul.

— Charlie ?

Sa voix était toujours proche.

— Hey, ça va aller. Tu as peur ?

Il me pressa la nuque avec sa main chaude.

— Nous n'avons pas à le faire.

Je pris une profonde inspiration.

— Non, ça va. Je suis juste… c'est bizarre, n'est-ce pas ?

— Très bizarre. Je parie que ce spectacle de Noël est en fait une orgie secrète pour les gens qui ont un fétichisme des fêtes.

Il prit mon bras.

— Nous allons vers la ligne de départ, maintenant.

Après une dizaine de pas, il s'arrêta.

— Et c'est là que les choses vont devenir plus bizarres encore. Accroupis-toi pour que je puisse monter sur ton dos. Ces enfants feraient mieux d'apprécier notre effort.

Je me mis à genoux et me penchai en avant, le poids de Charlie pesant sur mon dos. Je vacillai alors que je me redressais, le tenant avec mes bras glissés sous ses genoux. L'avoir ainsi pressé contre moi envoya des picotements à travers tout mon corps.

— Je dois vraiment porter ce sac ? demanda Charlie à quelqu'un.

Il enfonça ses doigts dans mon épaule droite tandis que l'autre se levait.

La voix d'une femme cria.

— À vos marques, prêt… partez !

Un porte-voix retendit, et qui me fit sursauter, et je commençai à courir.

— Non, non, à gauche ! cria Charlie.

Et j'obéis docilement.

— Pas tant que ça !

Il rebondissait sur mon dos, et j'étais presque sûr que nous allions finir par nous écraser sur le béton. Il dit autre chose, mais je ne pus entendre avec les cris des autres concurrents et les encouragements venant de, ce que je supposais, être des spectateurs.

— Je ne peux pas t'entendre ! criai-je, courant aussi vite que possible, même si cela n'avait pas d'importance qui gagnait cette course bizarre.

Le bras de Charlie entoura mon cou, et il tira sur mon bonnet, ses lèvres se pressant contre mon oreille.

— Plus à droite. Oh merde, ce gars va nous rentrer dedans ! Stop !

Mon pouls battant rapidement, je m'arrêtai subitement.

— Très bien, cours ! cria-t-il, son rire résonnant près de mon oreille, son souffle chaud l'effleurant. Continue ! Un peu à droite.

Je me retrouvais en train de rire aussi alors que nous zigzaguions à travers le parking de la Petite Amérique. Je ne sus que nous avions atteint la ligne d'arrivée que lorsque le poids chaud de Charlie disparut. Mais alors qu'il descendait, nos pieds s'entremêlèrent et je tombai sur le sol… qui me fit rebondir. Charlie s'écrasa sur moi, et j'enlevai le bandeau pour voir sur quoi nous avions échoué : sur un bonbon gonflant qu'ils utilisaient comme un matelas. Son poids se pressa contre moi, et je pouvais sentir que son rire faisait trembler son corps. Je me joignis à lui, mais ne pouvais pas rester comme ça tout la journée, à glousser avec Charlie sur cet énorme bonbon. Nous étions empêtrés l'un dans l'autre, et alors que je me tortillais sur le dos, il me sourit avec son ridicule bonnet et son pompon, le bleu de ses yeux les faisant ressortir.

Je retins mon souffle. Il était tellement beau.

— Tu vas bien ?

Mon bonnet toujours dans sa main, Charlie fit courir ses doigts sur ma tête, avec des gestes doux alors qu'il remettait de l'ordre dans mes cheveux ébouriffés.

— Je ne t'ai pas fait mal, n'est-ce pas ?

Le poids de sa cuisse contre la mienne où nous étions étendus était fantastique et pénible. Je secouai la tête.

Il y avait d'autres coureurs qui trébuchaient pour arriver sur la ligne d'arrivée, et nous dûmes débarrasser le plancher alors qu'une équipe s'effondrait dans le bonbon gonflable, en riant. Charlie me releva et dressa son poing pour le cogner contre le mien.

— Nous avons été dépassés par la femme elfe, dit-il, puis il baissa la voix. Je dis juste qu'elle l'a sûrement déjà fait les yeux bandés. Maintenant, allons-nous-en avant qu'ils nous demandent de jouer à d'autres trucs encore.

Charlie

Le néon de la station d'essence ouverte 24/24 nous fit signe à la frontière, juste avant minuit. Je consultai la carte.

— Nous sommes près de Lincoln. Pas mal.

Gavin se gara devant l'une des pompes.

— Dommage que ça ait pris jusqu'à midi pour cette nouvelle roue. Je dois toujours appeler la société de location. Pff, je déteste gérer ces…

Il agita la main et se mit à rire.

— … trucs d'adultes. Je suppose que je dois m'y habituer, hein ?

Je souris.

— Ouais. C'est une bonne chose que nous ayons des cartes de crédit. Ma limite est de mille dollars, et nous ferions mieux de ne pas crever d'autres roues.

Tandis que Gavin tirait sur son pull-over et remplissait le réservoir, je resserrai mon sweat, frissonnant alors que je me dirigeais vers le magasin pour acheter des Dorritos, des chips au goût de crème sure et aux oignons, des boules de gomme, des cacahuètes, des Red Bull, et des Cocas. J'avais dormi pendant deux heures pendant la traversée des terres glacées du Nebraska, et c'était à mon tour de conduire.

Bâillant largement, j'achetai les snacks et sortis avec la clé des toilettes, regrettant de ne pas avoir apporté mes gants et mon bonnet de la Petite Amérique. Je me rendis compte que je souriais alors que je tournais dans le coin sombre de la station d'essence. Après cette course folle, les choses avec Gavin étaient devenues plus… géniales. Mieux même. Nous étions peut-être, de nouveau, amis et…

Mes pieds se dérobèrent sous moi, et mes bras battirent de l'aile inutilement alors que je tombais durement sur le béton, la clé des toilettes et le sac en plastique échappant à mon emprise. Je réussis à éviter que ma tête cogne aussi, mais mes poumons n'eurent pas cette chance, et je restai figé alors que ma respiration était coupée. De petits cailloux s'enfoncèrent dans l'arrière de ma tête tandis que je restais étendu là, et je sentis le sol gelé à travers mon jean. Et apparemment, il était foutrement glacé. C'était bon à savoir.

J'avais si froid, mais je ne pouvais pas bouger et mes poumons n'arrivaient pas à reprendre des bouffées d'air. Tout me faisait mal, et je réussis à laisser échapper un petit halètement et un gémissement. *Ahhhh…*

— Charlie ? As-tu dit quelque chose ?

La voix de Gavin était lointaine. J'avais dû crier lorsque j'étais tombé. J'essayai de répondre, mais impossible de parler à ce moment-là. Il appela mon nom à nouveau, et ensuite, j'entendis le bruit de pas rapides qui approchaient. Le visage de Gavin apparut au coin de mes yeux, du Grand Ours qui se trouvait du côté de la station d'essence.

— Charlie ! Tu vas bien ?

Je réussis à grogner.

— Foutrement glacé.

Son visage se pinça. Gavin fit courir lentement une main sur ma tête, frottant l'arrière avec ses doigts et envoyant un frisson à travers ma colonne vertébrale. Son souffle m'effleura les joues, chaud dans l'air gelé.

— Ça te fait mal ? demanda-t-il en grimaçant. Je veux dire, bien sûr que ça fait mal. Peux-tu te lever ? Devrais-je appeler une ambulance ?

Mes poumons se remplissaient davantage d'air maintenant, et je secouai la tête doucement alors que je me mettais en position assise.

Ma voix était aiguë.

— Je vais bien. Ça m'a juste coupé le souffle.

Gavin enroula son bras autour de mon dos.

— Tu es sûr ? Tu pourrais avoir une commotion.

Il leva le poing.

— Combien j'ai de doigts ?

— Aucun. Bien essayé.

Son bras était fort et solide autour de moi, et je m'appuyais contre lui où il s'accroupit sur le béton. Je pris une profonde inspiration, et la faible odeur parfumée de son eau de Cologne mélangée avec du pur Gavin me fit tourner la tête. J'espérais que c'était une commotion, mais c'était bien pire.

Je me relevai, et il attrapa mon coude avec un sourire qui creusa ses joues.

— Heureusement que tu as la tête dure, pas vrai ?

Je m'efforçais de sourire avant d'entrer dans les toilettes, qui étaient bien sûr fermées.

— Vois-tu la clé quelque part ?

Cela faisait encore mal de parler, mais tout redevenait normal. Merde, j'avais oublié ce que c'était d'avoir le souffle coupé. Cela m'était souvent arrivé quand je jouais du hockey, mais je n'en avais plus fait depuis qu'Ava était tombée malade.

Gavin sortit son portable et alluma la lumière.

— Je l'ai.

Il déverrouilla la porte pour moi, ce qui n'était pas vraiment nécessaire.

— Es-tu certain que tu vas bien ? Euh… as-tu besoin d'aide ? demanda-t-il en se tenant à côté de moi.

Une partie de moi voulait garder ses distances, et lâcher quelque chose de sarcastique, du genre : je m'étais bien occupé de mon engin sans son aide pendant toutes ces années. Mais à la place, je dis calmement :

— Ça va aller, merci.

— D'accord. Je peux continuer à conduire, et nous verrons comment ira ta tête.

— Je suis tombé sur le dos. Sérieusement, je vais bien. Je vais prendre de l'ibuprofène.

Ses lèvres se serrèrent.

— Nous devons en être certains. Je vais prendre un Red Bull, et tout se passera bien.

— Oh, j'en ai acheté. Merde.

Je regardai le contenu du sac en plastique, qui était maintenant déversé sur le béton.

— Je vais les ramasser.

Il marcha lentement vers la plaque verglacée pendant que je me penchais contre le chambranle pour le regarder, même si je devais faire vite et me soulager puisque nous perdions du temps. Puis Gavin se retourna, les sourcils froncés.

— Tu es certain que rien n'est cassé ?

Ne me faisant pas confiance pour parler, je hochai la tête, et il s'accroupit pour ramasser les provisions. C'était vrai… mes os étaient intacts, mes côtes bien en place. Mais en cet instant précis, sous l'immensité du ciel d'hiver du Nebraska, je sus que mon cœur était perdu, encore une fois.

Cinq

Gavin

23 Décembre

Il était tout juste dix-huit heures quand je sortis de l'autoroute et me garai dans le parking d'un McDonald. Une migraine allait m'envahir, et j'avais éteint ma Playlist de chansons hip-hop, il y avait quelques kilomètres déjà. Charlie somnolait dans le siège passager, tourné vers la vitre. Son tee-shirt et son sweat s'étaient un peu relevés, et je pouvais voir une bande de peau pâle, juste à côté de la cicatrice de son don de moelle.

Je m'efforçai de rediriger mon attention vers la route. Le soleil s'était déjà couché, et je me frottai les yeux. Nous avions conduit toute la nuit, et avions traversé en ce jour gris l'Iowa, l'Illinois, et l'Indiana, conduisant et dormant à tour de rôle.

Je trouvai une place, mais laissai le moteur tourner pour l'instant, réticent à l'idée de réveiller Charlie. J'avais l'envie folle de tendre la main et de retracer le contour de son oreille de mon doigt. Il avait semblé aller bien depuis qu'il était tombé à Lincoln, mais un peu plus de repos ne pouvait pas lui nuire. Peut-être que je pouvais laisser la voiture allumée le temps que j'aille me soulager et prendre des frites et des Coca. Mais je pouvais entendre la voix de ma mère me mettant en garde à propos de ces « et si ? ».

— *Et si un ex-meurtrier volait la voiture ? Cela prendrait juste deux secondes pour le faire !*

Mon sourire disparut alors que ma douleur trouvait un écho en moi. Que dirait ma mère si elle savait que j'étais là avec un autre gars gay ? Ou si elle savait que j'étais gay moi-même ? Qu'en serait-il de mon père ? Qu'allaient-ils dire si je ramenais à la maison mon premier petit ami ? Pourrais-je seulement le faire, ou parlerions-nous encore du temps qu'il faisait et des Red Sox, en prétendant que rien n'avait changé ?

Peut-être que Charlie finira par être mon petit ami, après tout.

J'inspirai profondément au soudain *désir* qui me frappa, et Charlie sursauta, clignant des yeux.

— Quoi ? me demanda-t-il en me regardant, puis en jetant un coup d'œil aux alentours. Qu'y' a-t-il ? Où sommes-nous ?

— À la lisière de Sandusky. Tout va bien.

J'éteignis le moteur.

— J'ai juste besoin d'une pause.

— Ohio ? dit-il en souriant, et mon cœur battit plus vite. Super ! Le dernier endroit que je me rappelle, c'était South Bend. Comment ça se passe ? Je peux conduire maintenant, si tu veux. Nous nous approchons. J'ai hâte de revoir Ava et mes parents.

Il inclina son cou d'un côté, puis de l'autre, en grimaçant.

— Ça va ?

— Juste un peu raide. Tomber, ça fait mal, mec.

Il roula des épaules.

— Ça va. Allons prendre un peu de nourriture et ensuite, je vais conduire.

— Laisse-moi voir. Tourne-toi.

Je me tournai autant que je le pouvais et glissai mes mains sous le col de son sweat, et massant doucement sa nuque.

Il eut un souffle tremblant.

— Tes mains sont froides, murmura-t-il.

— Oh, désolé.

Je les retirai et soufflai entre elles pour qu'elles se réchauffent, les frottant rapidement l'une contre l'autre.

Posant à nouveau mes mains sur ses muscles, je demandai :

— C'est mieux ?

Il couina une réponse que je supposais être un oui. Je me penchai en avant.

— Détends-toi, et baisse la tête.

Il le fit, et après une minute, je pus sentir ses muscles se relâcher. Ma mère avait des migraines de temps à autre, et j'avais vu mon père la masser un nombre incalculable de fois. J'utilisai mes pouces pour défaire les nœuds de sa colonne, et Charlie laissa échapper un gémissement bas qui se répercuta directement dans mon sexe. Me mordant la lèvre, je m'efforçai de me contrôler. Charlie avait mal, et c'était cela qui importait.

Mais alors que je frottais et dénouais ses muscles, je ne pus m'empêcher de me demander ce que cela me ferait de toucher tout son corps. D'être nus ensemble et de pouvoir faire courir mes doigts partout.

Je sursautai, laissant retomber mes mains. Mon membre était dur contre mon jean, et j'étais officiellement pathétique, à m'exciter alors que je venais en aide à quelqu'un avec des muscles tendus. Mais quand Charlie me regarda, ses lèvres étaient entrouvertes, et ses yeux sombres, et…

Mon téléphone s'illumina sur le repose-coude entre nous, et le sourire de Candace apparut sur le l'écran. Nous le regardâmes tous les deux, et Charlie serra la mâchoire. Il ouvrait déjà la portière.

— Je vais te laisser un peu d'intimité, marmonna-t-il.

— Charlie…

Mais il était déjà parti, se précipitant vers le McDonald. Je voulais le rattraper et lui dire la vérité à propos de Candace, mais je ne lui avais pas parlé depuis des jours.

— Hey, répondis-je.

Je pouvais entendre le sourire dans sa voix.

— Pas de hey, mais bonsoir ! Comment ça se passe ? Je voulais juste vérifier que tout allait bien. Il y a un sale temps qui va arriver, mais nous voulons nous assurer que tu ne conduises pas à ce moment-là. Si tu n'arrives pas à temps, tu peux juste nous retrouver dans le Vermont. Mes parents disent qu'ils te paieront le ticket de bus.

— C'est super, Candace. Nous sommes en Ohio. Pas trop loin.

Bien que la mention d'un « sale temps » resserra mon estomac.

— Qui est ce « nous » ?

Merde. Je n'avais pas parlé de Charlie lorsque nous nous étions envoyés des messages, puisque je ne savais comment elle le prendrait après l'incident de la pizzeria, et que c'était inutile de la bouleverser. Elle n'était plus ma petite amie, mais elle était encore mon amie.

— Oh, ouais. J'allais tout t'expliquer lorsque je t'aurais retrouvé. J'ai fini par faire la route avec quelqu'un que nous connaissions au lycée. Le monde est petit, hein ?

Elle se mit à rire.

— Quoi ? Vraiment ? C'est fou. Qui est-ce ?

— Euh… Charlie Yates.

Candace se tut pendant un long moment.

— Oh. Eh bien… c'est… euh, il vit dans la même rue que toi, non ? Comment va-t-il ? Sa sœur va-t-elle mieux ? J'ai entendu dire qu'elle allait bien.

C'était typique de Candace… toujours aussi gentille. Je dus déglutir difficilement alors que ma gorge se serrait, ému.

— Ouais, elle est en rémission. Mais il lui a promis qu'il serait là pour Noël, alors, je l'ai laissé m'accompagner.

— C'est très gentil à toi. Est-il… tu le voyais là-bas ?

Elle essayait de paraître désinvolte, chose à laquelle elle n'était pas douée.

Je me mis à rire.

— Non. Nous nous sommes retrouvés par hasard dans la même entreprise de location, à l'aéroport, bien après que j'aie loué la dernière voiture. C'est une de ces coïncidences bizarres. Tu sais, il se sent mal à propos de ce qui s'est passé. Il a dit qu'il te devait des excuses. C'était… il n'aurait jamais dû dire ce qu'il a dit. Ce n'était pas bien. Mais ce n'est pas une mauvaise personne.

— Ce n'était pas bien de te frapper non plus, pour ta gouverne.

Elle resta silencieuse un moment.

— Je suppose que si tu dis que c'est un mec bien, je te crois. Je sais qu'il a dû passer par des moments difficiles, à cette époque.

— Tu es vraiment formidable, tu sais, ça ? Tu me manques tellement.

— Tu me manques aussi, chéri. Suis-je toujours autorisée à t'appeler chéri ?

— Toujours.

— Cool. J'ai besoin de tes conseils sur mes soucis de mecs quand tu rentreras à la maison. Les rendez-vous à l'université, c'est très compliqué !

— Et tu penses que *je* peux t'aider ? Tu dois être vraiment désespérée.

— Eh bien, peut-être qu'il est temps que tu commences à sortir. Parce que l'on m'a dit que l'avantage d'avoir eu un petit ami qui est devenu gay, c'est qu'il te donne de bons conseils sur les mecs. Alors, je m'attends à ce que tu t'y mettes, d'accord ?

Je me mis à rire.

— Oui, M'dame.

— Charlie sort-il toujours avec ce gars ?

— Non. Ils ont rompu.

Je savais que je devais en dire plus, et j'essayai de trouver les mots justes.

— C'était… je suis content d'apprendre à mieux le connaître, une nouvelle fois. Nous étions vraiment de bons amis l'été d'avant la troisième année de collège.

Le silence s'étira.

— Oh. Je n'ai jamais su ça.

— C'était… compliqué. Et vu la manière dont ça s'est terminé – la façon dont *j'ai* mis un terme à notre amitié – c'était horrible. Parce que nous étions plus que des amis. Il ne m'a pas frappé pour rien, ce jour-là, à la pizzeria.

— Wow ! Je suppose que j'aurais dû le savoir, hein ?

— Non. J'aurais dû être honnête avec toi. Bien avant. Je suis désolé.

— Nous faisons tous des erreurs, soupira-t-elle. Je ne vais pas prétendre que ça ne fait pas mal d'entendre ça. Mais c'est la vie, pas vrai ? Nous ne pouvons pas changer le passé. Sois prudent sur la route, d'accord ? Et vérifie les prévisions météo. Et… eh bien, passe le bonsoir à Charlie pour moi.

— Tu es vraiment la fille la plus formidable au monde, tu le sais, non ?

— Peut-être que je devrais l'écrire sur mon tee-shirt et le porter sur le campus.

— C'est là où je dois te conseiller de ne pas le faire ?

Son éclat de rire me réchauffa de l'intérieur.

— Tu as saisi le truc !

Nous nous dîmes au revoir, et je me précipitai à l'intérieur pour retrouver Charlie. Je le trouvai sur le seuil de la porte, regardant la télévision sur le mur. Un foutu nuage rouge tourbillonnant planait sur le Midwest, allant jusqu'à la Côte Est.

Merde. L'intitulé au bas de l'écran affichait : RETOUR DE LA NEIGE APOCALYPTIQUE.

Mon cœur se serra.

— Charlie…

Mais il sortait déjà. Je le suivis alors qu'il marchait de l'autre côté du parking, qui était presque vide. Comme pour approuver les prévisions météo, des flocons de neige commencèrent à tomber. Nous portions tous les deux nos manteaux de laine, mais aucun de nous ne s'était rappelé de prendre nos gants et nos bonnets. Je tirai mes manches sur mes mains. Le vent était complètement calmé. Je pouvais sentir la neige approcher – cette humidité incontestable dans l'air – alors que des nuages orageux se rassemblaient pour masquer les étoiles.

Charlie s'arrêta au bout du parking. Un champ de neige s'étendait au loin, et le bourdonnement de l'autoroute derrière nous était le seul bruit dans la nuit. Charlie s'entoura de ses bras, faisant face au terrain.

— Nous n'y arriverons pas. Je ne serai pas là le matin de Noël. Elle devra ouvrir ses cadeaux sans moi. Je lui ai promis, mais je ne serai pas là.

Sa voix était vide et atone.

— Ils peuvent se tromper. Nous pourrions…

— Ils n'ont pas tort, dit-il d'un ton étrangement calme. Tu as vu les prévisions à la télé. Nous ne pourrions jamais aller assez vite, même si nous ne faisions que conduire.

Il avait raison… retourner à Norwalk dans la tempête qui allait venir était bien impossible.

— Je suis désolé. Mais Ava ira bien. C'était juste un rêve, Charlie. Elle va bien. Tu as fait tout ce que tu as pu.

— Ouais. C'est juste que…

Il se racla la gorge.

— C'est vrai. Tu as raison. Je suppose que tu seras retardé aussi pour le Vermont. Est-ce que Candace est en colère ?

— Le Vermont n'a plus d'importance.

Je réduisis la distance entre nous et me tins derrière lui. Après une profonde inspiration, je posai mes mains sur ses épaules.

— Je suis tellement désolé à propos de Noël.

Il baissa la tête, et je voulus presser mes lèvres sur sa nuque.

— S'il te plaît, ne fais pas ça.

Je fronçai les sourcils.

— Qu'ai-je fait ?

S'éloignant de mon contact, Charlie trébucha de quelques pas vers le bord d'un banc recouvert de glace dure que le déneigement avait créé.

— *Ça* ! s'exclama-t-il en me pointant du doigt. Ne sois pas gentil ! Cela rend les choses tellement difficiles !

— Tu voudrais que je sois un connard ?

Apparemment, je n'avais rien compris.

— Oui !

Son souffle sortit en nuages blancs, sa voix augmentant de volume.

— Parce que, sinon, j'ai tellement envie de t'embrasser, c'est comme si mon estomac se nouait… comme si j'allais vomir, j'ai des sueurs et je tremble. Et je sais que tu ne veux pas que je t'embrasse, alors arrête. S'il te plaît.

Il passa sa main sur son visage avant de la serrer en poing à son côté, fermant les yeux.

— S'il te plaît, laisse-moi seul.

Mon souffle était haletant et il se coinça dans ma gorge alors que j'avançais vers lui et prenais ses joues dans mes mains.

— Qui a dit que je ne veux pas que tu m'embrasses ?

Ses yeux s'ouvrirent brusquement, et je me penchai et écrasai nos lèvres les unes sur les autres, avant que de perdre mon courage. Ce n'était pas comme les baisers gauches de cet été-là, près de l'étang, mais je l'embrassai fermement. Ses lèvres étaient sèches contre les miennes, et c'était probablement une énorme erreur, mais lorsque j'inclinai sa tête, et adoucissais le baiser, le rendant plus léger, je m'en fichais entièrement. Le souffle de Charlie était tremblant, et je me blottis contre sa joue avant de m'éloigner, tenant toujours son visage. Les flocons de neige s'accrochaient à ses cils sombres, et il me regarda, les lèvres entrouvertes. J'attrapai un flocon sur mon doigt.

— Mais tu es hétéro, murmura-t-il, la voix rauque.

Je secouai la tête, faisant courir mon pouce sur sa lèvre inférieure, qui était humide maintenant.

— Tu as une petite amie ?

— Nous avons rompu après la remise des diplômes. Nous sommes juste amis maintenant. Elle sort avec d'autres mecs à New York. Je… eh bien, je voulais faire mon coming-out à Stanford, mais je n'ai pas eu le courage de le faire – je sais – pathétique. Tu es le premier gars que j'ai jamais embrassé. Je veux dire, bien sûr, tu l'étais à cette époque. Mais tu l'es, à nouveau, maintenant. Le premier et le second.

Il secoua la tête.

— Ça ne peut pas m'arriver…

Il essaya de s'éloigner, mais le banc de neige était là, et il trébucha si bien que je le rattrapai par les bras.

— Je sais que ce doit être une surprise, mais…

— Une *surprise* ?

Il éloigna mes mains et me contourna pour se diriger vers le parking. Il neigeait plus violemment à présent, les flocons blancs atterrissant sur ses cheveux.

— C'est… c'est quoi ce bordel, Gavin ? Tu allais faire ton coming-out ? Qu'es-tu en train de me dire ? Tu es bi, maintenant ?

— Non. Je suis gay. J'ai toujours été gay. J'ai essayé de ne pas l'être. J'ai essayé de passer à autre chose. J'ai essayé tellement fort que je suis devenu doué à ça. Très doué.

Ma bouche était sèche, et les mots allaient m'étrangler, mais je devais les dire.

— Je suis désolé. Je suis sincèrement navré pour ce que j'ai fait. Pour avoir arrêté de te parler. J'avais peur, mais je sais que ce n'est pas une excuse.

Il secoua la tête.

— Je ne comprends pas.

— Je… à cette fête, après avoir dansé avec Candace et qu'elle m'ait embrassé, j'ai essayé de te retrouver, mais tu étais déjà rentré. J'ai jeté des pierres à ta fenêtre, mais tu n'es pas sorti. Je ne voulais pas être avec elle, je te voulais, toi.

Charlie s'entoura de ses bras.

— Je vous ai vus tous les deux. J'étais tellement en colère ! Jaloux.

— Je me suis senti blessé aussi, quand la situation s'est inversée. Le lendemain, je suis allé parler à mon père. Il était dans l'atelier, travaillant sur sa tondeuse à gazon. Je lui ai dit ce qui s'était passé. Je lui ai dit combien je te voulais. Combien je désirais que tu sois mon petit ami.

Je pouvais toujours le voir si clairement : l'amas d'herbes séchées éparpillées sur le sol en béton, les cigales bourdonnant au-dessus de l'atelier, et le bitume de l'allée un peu visqueux par endroits, sous la chaleur sans pitié du soleil. De la sueur avait perlé sur le front de mon père, et elle avait glissé sur sa tempe alors qu'il me regardait.

— *Mon garçon, tu es confus. C'est normal. Tu n'es pas gay. C'est impossible.*

Les cicatrices que ces mots avaient provoquées en moi ne s'étaient jamais estompées. Je n'avais pas réalisé à quel point j'avais eu besoin qu'il me dise que tout allait bien. Qu'il *me* comprenait.

Charlie ouvrit et ferma la bouche.

— Tu me voulais vraiment ?

Sa voix était si faible.

— Plus que tout. Je voulais t'embrasser encore, tellement. Mais mon père n'arrêtait pas de me dire que c'était une erreur. Que j'étais confus, et que ces sentiments disparaitraient. Que le déménagement avait dû me stresser, et que bien sûr, j'étais devenu vraiment attaché à mon premier ami à Norwalk. Il disait que je n'étais pas gay. Que je ne pouvais pas l'être.

— Et tu l'as cru ?

C'était à peine un murmure, les yeux de Charlie brillaient.

Je dus repousser mes propres larmes.

— C'était mon père. Il savait tout. Il savait toujours ce qu'il fallait faire. Je me disais qu'il devait avoir raison. Il *devait*. Parce qu'apparemment, il ne voulait pas que je sois gay. Alors, je ne pouvais pas l'être. Je devais arrêter.

Charlie me regardait avec une telle tendresse.

— Gavin…

Je devais tout lui avouer, alors je continuai.

— Le lendemain à l'école, lorsque je t'ai vu dans le couloir, j'ai prétendu que je ne le faisais pas. Je suis passé devant toi comme si tu n'étais pas là.

J'essuyai mes joues.

— Je suis tellement désolé. J'aimerais revenir en arrière et agir différemment. J'aurais voulu être un peu plus fort. Mais je ne voulais pas le décevoir. Il m'a dit de ne pas le dire à maman, et je me sentais juste… Seigneur, j'étais tellement honteux et effrayé.

Je regardai les feux arrière des voitures qui passaient sur l'autoroute, essayant de ravaler mes stupides larmes. Je me rendis compte de la présence proche de Charlie seulement quand je sentis sa main agripper la mienne.

— Pourquoi ne pas me l'avoir dit ?

Je m'efforçai de croiser son regard.

— Je le voulais. Tellement. Mais je savais que je ne pouvais pas être ton ami sans vouloir plus. Alors, j'ai essayé de prétendre que tu n'étais pas là. Que Candace était tout ce que je voulais. Et je sais que tu la blâmes, mais c'est une bonne personne. Ce n'était pas sa faute. C'était en fait la seule qui m'a encouragé à l'admettre, cet été. J'essayai de trouver le courage de tout lui avouer, et elle m'a rendu cela plus facile.

Il hocha vigoureusement la tête.

— C'est bien.

— En troisième année, je voulais croire que, si je ne te voyais plus, cela disparaitrait. Que je pourrais ensuite redevenir normal. Que je ne décevrais pas mon père et ne bouleverserais pas ma mère. J'ai été lâche, Charlie.

Il pressa mes doigts engourdis tellement fort.

— Tu es vraiment gay ?

Je hochai la tête.

— Je voulais le dire à mes parents avant mon départ pour l'université. Mais mon père a dû s'en douter, et ma mère n'est pas stupide. Je pense qu'ils espèrent que si je n'en parle pas, cela va disparaître. Je crois bien que c'est un trait de famille.

Pendant quelques secondes, Charlie me regarda seulement, et j'essayai de penser à quelque chose d'autre à dire pour expliquer pourquoi je m'étais comporté comme un lâche aussi pathétique. Puis il m'entoura de ses bras et me serra contre lui.

— Ça va aller, Gav. Tout ira bien.

De nouvelles larmes embuèrent mes yeux, je posai la tête sur son épaule et m'accrochai à lui.

— Je suis désolé ! Je suis tellement désolé !

Il me tapota les cheveux, murmurant des mots doux alors que la neige tombait. C'était si bon d'avoir ses bras autour de moi, et lorsque je relevai la tête, nos bouches se pressèrent l'une contre l'autre, comme c'était la seule possibilité. Nos lèvres s'entrouvrirent et la langue de Charlie glissa sur la mienne. Je pouvais goûter l'amertume du Red Bull, et je voulais continuer à l'embrasser, et entendre les petits gémissements qu'il poussait, pendant des jours et des jours.

Nous nous pressâmes l'un contre l'autre comme nous l'avions fait des années auparavant, mais maintenant, nous avions des muscles et des barbes, et je ne m'étais jamais senti aussi *homme* qu'en cet instant, sur ce parking de l'Ohio.

— S'il te plaît, murmurai-je.

Il recula, ses lèvres brillantes et ses yeux sombres.

— Tu veux vraiment de moi, Gav ?

Je grognai et appuyai mon bassin contre lui.

— Je suis prêt à me mettre à genoux, là, maintenant.

Charlie m'embrassa de nouveau, aspirant ma langue. Nous devenions tous les deux durs, et nous frottions l'un contre l'autre comme des chiens en chaleur. Il pétrit mes fesses.

— J'ai rêvé de ça depuis tellement longtemps. Même quand je te détestais, je voulais te baiser plus que n'importe qui d'autre.

Un *bang* retentissant fit écho à travers le parking jusqu'à notre coin sombre, et nous nous séparâmes, nos poitrines haletantes. Nous regardâmes un pick-up quitter le parking, tournant une autre fois avant de disparaître vers l'autoroute. Merde, putain, *putain* ! Mon cœur battait plus fort, et j'expirai, envahi par un intense soulagement.

Nos regards se croisèrent, et nous *rîmes*, et bon sang, c'était chaleureux et doux comme un chocolat chaud de rire avec Charlie, à nouveau. J'observai la neige qui devenait plus forte.

— Nous devrions retourner à la voiture.

Nous nous précipitâmes vers le véhicule. Je gardai mon regard baissé pour ne pas glisser, et mon visage me faisait mal à force de sourire, mes oreilles engourdies par le froid.

Je l'ai fait. Je lui ai dit. Je lui ai finalement dit. Et il m'a embrassé en retour !

J'avais la clé alors j'essayai de la faire entrer à deux reprises avant de finalement m'engouffrer sur le siège conducteur tandis que Charlie prenait le siège passager. Une fine neige recouvrait les pare-brise avant et arrière, et s'entassait le long des vitres aussi. Nous nous assîmes là, silencieux, pendant un long moment.

Je me raclai la gorge.

— Ne devions-nous pas manger un morceau ? Alors, je propose de trouver un motel.

— Ouais.

Silence. Je me rappelai toute la situation Ava/Noël, et tendis la main pour couvrir la sienne.

— Peut-être que la tempête de neige ne sera pas aussi mauvaise que ça. Nous pouvons toujours y arriver.

Charlie ferma les yeux, une expression coupable au visage.

— Merci.

Il ouvrit à nouveau les yeux, et poursuivit.

— Merci de m'avoir laissé t'accompagner. Je ne te l'ai jamais dit. J'aurais dû.

Il se tourna vers moi, et il y avait tant de tendresse dans son regard.

— Merci infiniment.

Je me penchai vers lui et l'embrassai. Il ouvrit la bouche gémissant doucement alors qu'il me serrait contre lui. Je voulais être nu avec lui… nous avions tellement de vêtements et le levier de vitesse me rentait dans les côtes. Mais bon sang, *j'embrassais Charlie Yates.* Le bruit de nos baisers emplit l'espace confiné de la voiture, et je n'avais même pas besoin d'allumer le chauffage.

Cet été-là, j'avais immédiatement été attiré par Charlie… la manière qu'il avait de se lancer dans tout ce qu'il entreprenait, n'ayant jamais un moment d'hésitation. Mais jusqu'à ce qu'il ait le courage de m'embrasser à l'étang, je n'avais jamais été capable de donner un nom à mes sentiments. Et dès que j'en avais parlé à mon père, j'aurais aimé me taire pour toujours.

Mais j'en avais assez de ce silence.

Alors que mon gémissement emplissait la voiture, Charlie tira sur mon manteau et essaya de déboutonner mon jean, m'embrassant dans le cou. Son souffle haletant envoyait des frissons à travers moi.

— Je dois te toucher.

— Ouais, dis-je, relâchant ses épaules assez longtemps pour ouvrir ma braguette.

Ma queue était tendue contre mon slip, et je haletai quand Charlie la sortit de son confinement avec sa main froide. Il me caressa, la friction envoyant des étincelles à travers mes doigts et mes orteils et de petits gémissements sortant de ma bouche.

Charlie a sa main sur ma queue.

— J'en ai tellement rêvé, marmonnai-je, l'embrassant violemment.

Il ne s'arrêta pas de me caresser alors qu'il me regardait avec expectative.

— À propos du fait d'être avec un mec ?

— Ouais, haletai-je. Mais c'était toujours toi dans ma tête.

Attrapant mon visage avec sa main gauche, Charlie m'embrassa durement. Il cracha sur sa paume et puis fit courir son pouce sur le bout de mon membre, étendant mon liquide séminal le long de ma queue. J'étais en feu, mais je voulais le toucher aussi. Je tâtonnai son jean, gémissant quand il éloigna sa main de mon érection pour m'aider à sortir la sienne.

Puis, il reprit ses caresses, je léchai ma paume et le pris dans ma main. Il n'était pas circoncis, et je tirai sur le prépuce. L'angle était bizarre, mais je réussis à l'agripper d'une poigne de fer, et *putain de merde, je touchais une queue qui n'était pas la mienne. Et c'était celle de Charlie !* Je supposai que je m'en tirais plutôt bien puisque son souffle était haletant.

— J'en ai rêvé aussi, murmura-t-il, pressant nos fronts l'un contre l'autre. Je n'arrêtais pas de penser à quoi tu aurais l'air si je te faisais jouir.

Grognant, je le caressai plus vite, la chaleur dans ma main et dans mon membre me parcourant tout entier. Mes boules pleines se contractèrent.

— Charlie…

— Veux-tu venir pour moi ? haleta-t-il dans un souffle qui se mêlait au mien alors qu'il me caressait plus vite. C'est ça, Gav. Comme ça.

Je me déversai dans sa main, tremblant et serrant sa queue probablement trop fort, mais il ne se plaignit pas alors que je chevauchais les dernières vagues de mon orgasme, ma bouche ouverte tandis qu'il me caressait encore. Je fermai les yeux et me penchai contre lui, sans forces, mis à part la main que j'avais enveloppée autour de sa queue.

— Voilà, répéta-t-il, avant de me relâcher.

J'ouvris les yeux, le trouvant en train de lécher ma jouissance sur ses doigts, et j'étais presque sûr que j'aurais de nouveau joui, si j'avais pu. Je retrouvai mon souffle et me concentrai sur mes caresses.

— À ton tour.

Il enfouit son visage dans mon cou et me suça fort alors qu'il enfonçait ses hanches dans ma poigne. Il faisait trop sombre dans la voiture avec la neige qui couvrait les vitres, et j'avais hâte d'être avec lui dans une chambre où je pourrais voir sa queue et explorer sa peau. La prendre dans ma bouche.

— Je veux te goûter, murmurai-je.

Charlie s'enfonça plus fort, grognant et baisant ma main.

— Ouais. Oh merde !

— Je veux tout faire avec toi.

Avec un cri bref, il jouit, rendant ma main incroyablement collante alors qu'il mordillait mon cou. Il s'effondra contre moi, et j'éloignai ma main de lui. Timidement, je léchai ma peau là où son sperme avait atterri. C'était salé et musqué. Je goûtai à nouveau.

— Il y en a plein en réserve, dit-il, relevant la tête avec un sourire.

Nous nous embrassâmes, et nous avions un goût de sexe. Les quelques fois où j'avais couché avec Candace, nous nous étions nettoyés rapidement, mais j'imaginais qu'avec Charlie, je pouvais être en sueur et collant de sperme pendant des jours et en aimer chaque seconde.

— Alors avant, quand tu imaginais m'embrasser, ça te donnait envie de vomir, hein ?

Son rire emplit la voiture.

— Je suppose que oui. Euh… désolé ?

Je lui adressai mon expression la plus solennelle.

— Tu me donnes envie de vomir et de me chier dessus aussi.

Posant une main sur son torse, Charlie secoua la tête.

— C'est la chose plus romantique que personne ne m'ait jamais dite !

Nous rîmes si fort que nous pouvions à peine nous embrasser, mais nous trouvâmes un moyen.

Six

Charlie

Le motel était à côté d'un centre commercial avec l'une de ces pharmacies qui vendaient des produits alimentaires, et Gavin se porta volontaire pour y aller et s'approvisionner après que nous ayons payé une chambre. Nous étions déjà passés par un drive-in et avions acheté des Big Macs et des frites, et j'étais totalement repu de nourriture et de sexe.

Je souriais aussi comme un fou. Je délaçai les lacets de mes chaussures que je laissai à la porte, m'assurant de bien secouer mon manteau des flocons de neige avant de le poser sur l'une des deux chaises à côté d'une petite table, près de la fenêtre.

Il y avait deux lits, et mon cœur bondit sur place alors que la pensée d'être dans l'un des lits avec Gavin me traversait. Bien sûr, les doutes étaient déjà en train d'envahir ma tête. Et s'il changeait d'avis pendant qu'il était dehors ? Voudrait-il vraiment coucher avec moi ? Avait-il réellement pensé toutes ces choses qu'il m'avait dites ?

— Assez !

Ma voix résonna durement dans la chambre vide.

— Arrête de ruminer !

Je nettoyai les petites roues de ma valise rose avec une serviette en papier et la posai sur le lit le plus proche. Mes mains tremblaient alors que je prenais ma trousse de toilette et l'emmenai dans la salle de bain avant de fermer la porte. Peut-être qu'une douche rapide m'éclairerait l'esprit. Et me nettoierait de l'odeur du voyage.

Mon téléphone vibra alors que je sortais de la douche et frottais ma peau humide avec une serviette.

— Salut, maman. J'allais justement t'appeler.

— Où es-tu, chéri ? Une autre tempête de neige est prévue, et je pense vraiment que tu devrais t'arrêter pour la nuit.

— Ouais. Nous avons pris une chambre dans un motel à l'extérieur de Sandusky.

Il détestait le dire à haute voix, mais il le devait.

— Je n'arriverai pas à temps. Je suis tellement désolé. Est-elle bouleversée ?

Maman m'adressa un de ses soupirs exaspérés.

— Chéri, il n'y a aucune raison d'être désolé. S'il y a une chose que nous savons, c'est que l'on ne peut rien contre la météo. Ava le comprend. Elle a décidé de reporter Noël jusqu'à ce que tu arrives, alors, prenez votre temps, les garçons. Il y a des carambolages partout, et ça ne vaut pas le risque.

— Reporter Noël ? demandai-je, mon cœur se serrant. Que veux-tu dire ?

— Pas de cadeaux ni de dinde jusqu'à ce que tu sois là. Nous allons juste prétendre que le vingt-six est le vingt-cinq. Voilà, trop facile.

— Je ne veux pas qu'elle ait à attendre pour ouvrir ses cadeaux.

— C'est son choix, et c'est tout. As-tu assez d'argent ? Tout ira bien ? À part ce foutu temps.

Elle se racla la gorge.

— Ce maudit temps, devrais-je dire.

Je me mis à rire.

— Je vais devoir emprunter un peu pour rembourser ma carte de crédit, mais je pourrai te payer au Nouvel An, une fois que j'aurais fait mes heures de travail à la librairie.

— Ne t'inquiète pas à propos de ça. Nous allons couvrir ton voyage.

— Mais…

— Pas de « mais ». Fin de la discussion. Nous nous débrouillons très bien. Je ne veux pas que tu t'inquiètes à propos de l'argent. Tu t'en fais déjà tellement.

— Je… d'accord. Merci.

— Et Gavin a-t-il de l'argent ? J'ai entendu dire par Madame Papadakis que ses parents sont dans le Sud, donc, s'il a besoin de quelque chose, nous pouvons l'aider.

Sois désinvolte. Sois normal.

— Ça va pour Gavin. Il est super. Tout va bien !

Je serrai les dents face à ma voix précipitée et pleine d'entrain. Pfff !

Maman resta silencieuse un moment.

— Que se passe-t-il avec Gavin ?

Je ravalai un grognement.

— Rien, maman. Ava est-elle là ? Je veux lui parler.

— Dans une minute. Charlie, qu'est-ce que tu ne me dis pas ?

Ce n'était pas que je ne voulais pas lui dire – elle m'avait donné de bons conseils quand je sortais avec Tim –, mais je traitais toujours cette nouveauté dans ma tête. Cela ne faisait même pas une heure. Mais il m'était impossible d'envoyer promener ma mère.

— Ce n'est rien. Il s'avère juste que Gavin est gay aussi.

— Oh ! Alors, tous les deux, vous… ?

— Peut-être… Je suppose… Je ne sais pas encore ce qui va se passer.

Des questions tourbillonnaient dans ma tête. *Est-ce seulement une aventure de vacances ? Ses parents vont-ils paniquer ? Combien de temps faut-il pour aller de Stanford jusqu'à la ville ?*

— Je ne veux pas trop m'avancer.

— D'accord. Je comprends. Mais tu connais la règle, n'est-ce pas ?

— Oui, oui. Ne t'inquiète pas.

Hum… En fait, je n'avais pas acheté de préservatifs puisque j'avais prévu de passer tout mon temps avec ma famille. Heureusement qu'il y avait une pharmacie juste de l'autre côté de la rue.

— Je m'inquiète toujours, Charlie. C'est mon job. Attends…

Maman parla à quelqu'un d'autre.

— Oui, voilà.

La petite voix d'Ava résonna à mon oreille.

— Salut, Charlie. Tu vas bien ?

— Ouais, mon petit ourson, je vais bien.

Mes yeux me brûlèrent. Merde, elle me manquait tellement.

— Je suis coincé avec cette neige, cependant. Mais je ne veux pas que tu m'attendes pour ouvrir tes cadeaux. Tu dois fêter Noël comme tout le monde.

— Non, je veux attendre. Ce ne serait pas la même chose. Je n'ai jamais passé Noël sans toi. Ce ne sera qu'un jour ou deux. J'ai déjà beaucoup attendu. Je suis très douée pour attendre.

Cela me fit presque sangloter, mais je me ressaisis.

— Je sais que tu l'es. Tu ne penses pas que ça dérangera le Père Noël de faire deux voyages ?

Elle baissa la voix.

— Je suis sûr qu'il ne va pas le faire puisque c'est Maman et Papa.

— Attends, quoi ? C'est n'importe quoi.

Elle avait huit ans, maintenant, mais cela me frappait toujours de voir qu'elle ne croyait plus au Père Noël.

— Aller dans chaque maison en une seule nuit, ce n'est pas vraiment possible. En plus, nous n'avons pas de cheminée, et nous verrouillons les portes. Ne t'en fais pas, Charlie, j'aime toujours Noël.

Ma gorge se serra.

— Moi aussi, mon petit ourson. Ce sera génial. Je vais rentrer à la maison aussi vite que possible.

Je détestai le fait que j'allais manquer le jour de Noël, mais je me rendis compte que la terreur qu'avait engendrée ce cauchemar s'était finalement, finalement évaporée. Le fait de l'entendre parler à présent me rassura et je savais qu'Ava était saine et sauve.

— Je sais. J'ai hâte de te revoir. Mais les choses sont vraiment bonnes quand tu attends pour les avoir. Oh, et devine quoi ? Maman m'a laissé faire du ski avec Whitney et Nisha. C'était trop amusant ! Tu ne vas jamais croire ce que Nisha a fait !

Alors qu'Ava continuait de parler, je fus frappé de constater combien c'était formidable de voir ma petite sœur devenir cette petite personne, avec ses propres pensées et idées. Il y avait eu des moments où j'avais pensé qu'elle ne vivrait jamais jusqu'à ses huit ans, et j'espérais que cette rémission durerait. C'était difficile de respirer face à cette vague d'affection.

— Ça m'a l'air d'être une bonne journée, mon petit ourson. J'aurais voulu être là.

Je réussis à garder une voix normale, du moins le pensais-je.

— Ne pleure pas, Charlie. Je ferai du ski avec toi lorsque tu seras à la maison. Je te le promets.

— Ah ouais ? D'accord, marché conclu. Dis à maman que j'appellerai demain matin. Je t'aime, mon petit ourson. Fais-moi un grognement ?

Elle grogna dans le téléphone, et je le fis à mon tour. Après avoir raccroché, j'entendis frapper à la porte.

— Charlie ? Tu vas bien ?

J'ouvris la porte en riant.

— Je vais bien. C'est un truc que nous faisons, Ava et moi. Nous nous tortillons et nous grognons aussi. Je sais, c'est bizarre.

Je fronçai les sourcils.

— Gavin ?

Il me regardait fixement, et ce fut à cet instant que je me rendis compte que j'étais nu. Gavin se lécha les lèvres, et je fis descendre sans honte une main de ma poitrine jusqu'à mon sexe, une vague de désir me traversant. Avant que je ne puisse penser à dire quelque chose d'un peu cochon, je remarquai les lumières colorées derrière lui.

— Une seconde, quoi ?

Avec un sourire, Gavin recula.

— J'ai pensé que, puisque tu n'arriveras pas à temps pour les fêtes, nous pourrions avoir notre petit Noël ici.

Je m'avançai dans la chambre, parcourant les lampions colorés que Gavin avait rapidement accrochés sur le grand placard, les faisant passer au-dessus de la télévision. Il avait fait la même chose sur les têtes de lit. La lampe suspendue au plafond était éteinte, et la pièce resplendissait. Sur la table, la lumière d'une bougie bleue tremblotait.

— Est-ce que Hanoucca commence ce soir ? demandai-je.

— Ouais. Je n'ai pas trouvé de Hanoukkia[4] à la pharmacie. J'ai pensé que la bougie serait mieux que rien.

Je parcourrai toujours la chambre du regard.

— C'est…

— Pathétique, je sais. Je peux tout enlever.

Attrapant son bras, je secouai la tête.

— Ne t'avise même pas de faire ça, dis-je en l'étreignant.

---

[4] C'est un chandelier à neuf branches, qui est utilisé par les Juifs lors de la célébration de Hanoucca, la *fête des lumières*, qui commémore la victoire des premiers Hasmonéens sur les légions syriennes séleucides.

Et cela aurait dû être bizarre puisque j'étais nu et qu'il était habillé, mais ce n'était pas du tout le cas. Je fermai les yeux et inspirai son odeur, fraîche et neigeuse et quelque peu moite, mais bon, il devrait être nu aussi, maintenant.

Je commençai à tirer sur ses vêtements et à ouvrir sa braguette, et il se déshabilla en un clin d'œil. Bon sang, il était magnifique. De larges épaules, et des hanches minces, de longues jambes, des muscles légers, et un membre circoncis et courbé, entouré de poils sombres. Son souffle était déjà haletant, et son regard me parcourut de la tête aux pieds. J'ouvris la bouche pour lui demander ce qu'il désirait quand Gavin se laissa tomber sur les genoux.

Merde, mes jambes manquèrent de se dérober à cette vue. Les lumières de Noël illuminaient la pièce de couleurs rose, rouge, bleue, et vert, se reflétant sur sa peau, et rendant l'auburn de ses cheveux plus riche. J'y fis courir mes doigts alors qu'il me regardait, les yeux écarquillés, et les lèvres entrouvertes. Il se pencha vers moi tandis qu'il promenait ses mains sur mes hanches. Ma queue était déjà dure. Timidement, Gavin se blottit contre elle, et j'étais tellement excité que je n'aurais pas été surpris de voir des jets jaillir de mon gland. Il se lécha les lèvres, les yeux toujours levés vers moi, et il me fut impossible de ne pas donner un coup de hanche et d'enfoncer ainsi mon membre dans sa bouche. Son souffle effleura ma queue. Il baissa finalement le regard, enserrant la base d'une main et suçant le bout.

— Merde !

Ma voix semblait bien trop forte dans le silence de la pièce. Gavin la retira immédiatement, et s'assit sur ses talons avec les yeux grands ouverts.

— J'ai fait quelque chose de mal ?

— Oh mon Dieu, non, ne t'arrête pas !

Je fis revenir sa tête, ma patience s'effritant, face à mon excitation violente.

— S'il te plaît !

Avec un petit sourire, et un air confiant, Gavin continua, mais passa au niveau supérieur en ouvrant la bouche plus largement et en m'aspirant aussi profondément qu'il le put. C'était une bonne chose d'avoir le mur à côté de la salle de bain sur lequel m'appuyer, car j'aurais pu tout aussi bien tomber alors que ses lèvres s'étiraient autour de moi, ses narines frémissantes. De la salive sortit de sa bouche, et il lécha et aspira bruyamment, faisant aller et venir sa tête le long de ma queue.

Je gémissais et marmonnais – des « Oh, oh, putain, bon sang, tellement bon, ouais comme ça » – et Gavin semblait aimer ça, parce que plus j'étais bruyant, plus il aspirait fort. Mes boules étaient si pleines, et j'étais sûr que tout le sang de mon corps s'était dirigé vers ma queue. Je haletai, ma tête tournait, alors que Gavin enfonçait ses doigts dans mes hanches et me prit si profondément qu'il commença à s'étouffer.

Ma main tremblait, mais je réussis à la poser sur sa tête.

— Pas si fort. Ce n'est rien. Tu le fais bien. Ta bouche est incroyable.

Il se retira, toussant, et ma queue humide tapota son menton. Il respirait difficilement, et me regardait, et je voulais juste le relever pour l'embrasser. Mais il revint à sa tâche, et ce fut chaud et étroit, et *Oh mon Dieu !* Ses yeux étaient fermés, et il me suça comme s'il s'en nourrissait, un gémissement sortant de sa gorge. Cela m'importait peu qu'il n'ait pas les techniques d'un ou deux des gars avec lesquels j'avais baisé… Seigneur, c'était tellement mieux. C'était *Gavin*. Gavin le faisait pour moi, et rien n'avait jamais été aussi incroyable.

Le mur était dur contre mes épaules, et le tapis étonnement doux sous mes pieds. Je m'ancrai dedans, faisant des poings de mes orteils comme dans le film *Die Hard*. Haletant et gémissant, je caressai sa tête, mes cuisses tremblantes. Je ne voulais pas que ça se finisse, mais je ne pouvais me retenir plus longtemps.

Mes boules se contractèrent.

— Si près…

J'essayai de le faire reculer au cas où il ne voudrait pas avaler, et il me regarda avec des yeux vitreux. Je me caressai durement et jouis sur son visage et son cou, et c'était tellement mieux que tout ce que j'avais imaginé. Les jets étaient blancs sur sa peau, si chauds dans la lueur des lampions.

Je gémis tandis que les spasmes me traversaient avec chaque jet, les regardant glisser sur sa peau alors que je le marquais. Il y avait un mince filet sur sa lèvre inférieure et son menton, et sa langue rose sortit pour l'attraper.

— Putain, Gavin, marmonnai-je, lui caressant les joues de mes doigts.

Je le relevai et enfonçai ma langue dans sa bouche. Il me plaqua durement contre le mur, se penchant pour m'embrasser alors qu'il s'appuyait contre ma hanche. Il était dur comme de la pierre, et je voulais tellement le sucer, mais je ne pus que lécher sa bouche, goûtant la saveur de mon propre sperme et grognant. Ma queue était sensible, et cela fut douloureux quand il s'appuya contre moi, mais je m'en fichais complètement. J'essayai de relever une jambe sur sa hanche, mais il était trop grand, et je l'entourai juste de mes bras.

— Allez, ouais, c'est ça, murmurai-je alors qu'il se frottait contre moi.

Gavin enfouit sa tête dans mon cou, haletant alors qu'il tremblait et jouissait, devenant chaud et collant, sa queue piégée entre nous. Nous restâmes affaissés contre le mur, et je caressai son dos, faisant courir mes doigts le long de sa colonne vertébrale. De la sueur humidifiait les poils de son cou. Il embrassa ma cicatrice que j'avais eue de la varicelle, derrière mon oreille, ce qui envoya un frisson de désir à travers tout mon corps.

— Je voulais faire ça depuis cet été près de l'étang, murmura-t-il. Je voulais tellement sucer une queue.

Me blottissant contre son épaule, je dis :

— Tu es très doué.

Il releva sa tête ensuite, le regard intense.

— Je voulais sucer *ta* queue, Charlie.

Je pris son visage dans mes mains et l'embrassai à nouveau, essayant de ne pas penser à quel point le lycée aurait été différent s'il m'avait dit ça. Toutes les choses que nous aurions pu faire. Pas seulement le sexe, mais… tout.

Nous prîmes une douche ensemble, nous embrassant et nous touchant, mais ne parlant pas. Quand nous nous séchâmes et nous étirâmes sur le lit le plus proche de la salle de bain, les couvertures à nos pieds, Gavin roula sur son côté et posa sa tête dans sa main.

— Ava est-elle bouleversée à propos de Noël ?

— Elle le gère assez bien, en fait. Elle a dit qu'elle reportait Noël jusqu'à ce que je sois là. Les cadeaux, la dinde… tout. Je suis tellement chanceux de l'avoir pour sœur. Elle est plus mature à huit ans que je ne le serais jamais.

Gavin fit courir sa paume sur ma poitrine, taquinant les poils qui se trouvaient là et envoyant une onde de plaisir paresseuse dans mon corps.

— Je ne peux imaginer ce qu'elle a dû traverser.

— Ouais, cela a été dur.

Dur n'était pas un mot qui commençait à décrire vraiment la situation, mais si j'en disais plus, je serais probablement trop bouleversé. À la place, je roulai sur le côté, faisant face à Gavin. Les lumières multicolores dansaient sur sa peau, et je ne pouvais toujours pas croire que c'était réel. Je fis courir mon doigt sur ses lèvres et l'embrassai.

— Salut.

— Hey, marmonna-t-il, glissant sa cuisse épaisse contre la mienne.

J'essayai de penser à quelque chose de plus intelligent à dire ou de plus spirituel, mais ensuite Gavin demanda :

— Vas-tu me baiser ?

Il semblait retenir son souffle alors que les mots sortaient de ses lèvres.

Mes boules se resserrèrent à cette pensée.

— C'est une question piège ? demandai-je.

Il se mit à rire, le rouge aux joues.

— J'avais peur que tu ne le veuilles pas. Je veux dire, je ne serai sûrement pas doué. Je suis sûr que tu es habitué à…

Je haussai un sourcil.

— Je ne pense pas être l'expert que tu crois.

Son front se plissa.

— Mais tu avais un petit ami. Et tu as baisé à l'université, n'est-ce pas ?

— Ouais, mais ça n'avait pas d'importance.

Je le repoussai doucement sur son dos et chevauchai ses hanches, mes mains sur sa poitrine pour que je puisse caresser ses mamelons et le regarder reprendre son souffle. L'envie de le *toucher, encore, et encore* était si écrasante maintenant que je pouvais le faire. Je veux dire, j'étais dans *une chambre de motel* avec *Gavin*, et nous avions des relations sexuelles. De toutes sortes. C'était un rêve qui devenait réalité, et le plus beau cadeau de Noël.

La culpabilité de ne pas arriver à temps pour Ava me traversa comme une balle, mais je me raisonnai en me disant que *ne pas* avoir de relations sexuelles pendant une tempête de neige n'allait pas y changer grand-chose.

— Eh bien, c'est plus prudent de dire que tu as plus d'expérience que moi, dit Gavin en faisant courir ses mains sur mes cuisses, envoyant des étincelles à travers mon corps.

— Il est aussi prudent de dire que c'est l'expérience sexuelle la plus géniale que j'ai jamais eue.

Ses sourcils se froncèrent.

— Mais…

Me penchant, je déposai un lent baiser sur sa bouche.

— Parce que c'est toi, Gav. C'est différent avec toi.

— Bon sang, Charlie ! Je te désire si fort. Tout ce temps… je suis désolé, je…

Je l'embrassai et me redressai.

— Cela n'a plus d'importance. Nous sommes bien là, maintenant. C'est tout ce qui compte. Tu es sûr que tu veux le faire ? Ça peut faire mal. Surtout la première fois.

— L'as-tu fait ? Être passif, je veux dire ?

— Ouais. J'ai bien aimé parfois. Si tu veux me baiser, tu peux.

La pensée de Gavin à l'intérieur de moi envoya un frisson le long de ma colonne vertébrale.

— Je…

Il se mordit la lèvre.

— Je le veux. Je veux tout faire avec toi. Mais ça ne te dérange pas de me baiser en premier ? C'était mon…

Il déglutit difficilement.

Mon souffle s'accéléra.

— Ton quoi ?

Ondulant des hanches, je me penchai vers lui à nouveau et suçai ses tétons jusqu'à son cou.

— Dis-moi.

Gavin frissonna.

— C'était mon fantasme. Être… Être baisé.

Il rougit.

— C'est bizarre ?

— Si par bizarre, tu veux dire si chaud que je pourrais bien jouir sur tout ton corps à la pensée…

Je l'embrassai, glissant nos langues l'une contre l'autre jusqu'à ce que nous haletions.

— Tu veux ma queue en toi ?

— Oui, oui, oui ! Fais-le, Charlie. J'ai acheté ce qu'il faut à la pharmacie. C'est dans le sac sur la table de nuit.

Je grognai alors que je m'éloignais.

— Ne bouge pas.

Lorsque je revins vers le lit, Gavin m'attendait juste où je l'avais laissé, et sa queue était redressée sur son ventre tandis qu'il la caressait doucement. La lumière des lampions chatoyait sur son corps, et si je n'avais pas une règle absolue de ne jamais prendre de photos de nus – parce qu'une fois ce truc fait, cela vous revenait toujours à la figure – j'aurais pris des centaines de photos avec plaisir. Mais j'étais aussi impatient de le baiser, alors je m'effondrai sur le lit.

— Tu en es certain ? Ça va faire mal.

S'il te plaît, dis oui. S'il te plaît, dis oui.

— Cela ne devrait pas faire trop mal. J'ai déjà…

Ses joues rougirent à nouveau, et son regard se détourna.

— J'ai déjà… tu sais.

Je m'assis sur les talons à côté de lui, et ouvris le lubrifiant.

— Tu dois m'en dire plus pour que je comprenne.

Avec un soupir embarrassé, Gavin avoua.

— J'ai acheté un godemiché.

Les images mentales explosèrent dans mon esprit, et je restai sans voix, mon cœur battant rapidement. Il se détourna à nouveau.

— Je sais. C'est pathétique, pas vrai ?

— Je ne pense pas que ce mot veuille dire ce que tu penses. Parce que c'est incroyablement chaud !

Me regardant à nouveau, Gavin se mordit la lèvre.

— Vraiment ?

Ma gorge était sèche.

— Quelle sorte de godemiché ?

Un sourire incertain recourba les lèvres de Gavin, comme s'il n'arrivait pas à savoir si je rigolais ou non.

— En caoutchouc.

— Combien de centimètres ?

— Quinze.

Du lubrifiant s'écoula de mes doigts, et je repoussai le genou de Gavin avec le mien.

— Écarte les jambes.

Avec une inspiration tremblante, il le fit et je me positionnai entre elles, levant mes doigts collants.

— Relève un peu les fesses.

Gavin m'obéit, et je tendis une main pour écarter ses globes. Merde, je crus jouir, là et maintenant. La confiance dans ses yeux alors qu'il s'ouvrait devant moi fit pulser ma queue et fleurir quelque chose dans ma poitrine. Je fis courir mon index glissant sur son entrée, et il inspira brusquement.

— Charlie, murmura-t-il.

Je taquinai son ouverture.

— Où l'as-tu acheté ?

— Hein ?

— Le godemiché.

— Dans un sex shop à Castro. Ça m'a pris un mois pour prendre mon courage à deux mains et entrer.

Je voulais l'éteindre tout le temps et le baiser violemment.

— Comment tu le fais ? demandai-je en enfonçant mon doigt doucement. Comment tu l'utilises ?

— Je…

Ses sourcils se froncèrent.

— Je veux dire, te mets-tu à genoux ? Ou es-tu allongé comme ça ?

J'enfonçai mon doigt plus profondément.

Il haleta.

— Charlie, s'il te plaît. Donne-m'en plus.

— Tu peux le prendre, hein ?

Je m'assurai que mon majeur soit bien lubrifié avant de l'enfoncer.

— Tu aimes ça ?

— Oh oui.

Ses mains tremblaient alors qu'il écartait plus largement ses jambes.

— J'aime ça. Je…

Il prit une profonde inspiration, et ensuite, les mots sortirent.

— Je me suis baisé comme ça, et dans toutes les positions. C'était si bon !

Je l'étirai de mes doigts maintenant, les enfonçant.

— Un jour, je veux te regarder en train de te baiser sur un godemiché, et je vais jouir sur ton corps pendant que tu le fais.

Je rougis pratiquement à mes propres paroles. Je n'avais jamais autant parlé pendant le sexe, mais Gavin faisait ressortir ça en moi. C'était dangereux de parler *d'un jour*, mais les mots continuèrent.

— Je vais baiser ta bouche pendant que tu te baiseras sur le godemiché, et tu vas jouir si violemment.

— Oui ! S'il te plaît, Charlie !

Il se resserra sur mes doigts.

— J'ai besoin de toi maintenant. J'ai besoin de plus.

Ma queue était dure comme fer, et quand je retirai mes doigts pour mettre un préservatif, je dus prendre de profondes inspirations et penser à des équations mathématiques. Une idée me traversa l'esprit.

— Lève-toi. Laisse-moi m'allonger.

Gavin bondit, et nous rîmes alors que je m'étirais et tirais ses hanches en avant jusqu'à ce qu'il me chevauche.

— Tu peux le contrôler de cette manière. Et je peux te regarder.

Son torse s'élevait et s'abaissait rapidement. Gavin hocha la tête avec enthousiasme, et tendit la main derrière lui pour prendre ma queue.

— C'est si bon.

Il releva ses genoux et s'abaissa, le bout de ma queue poussant contre son entrée. Il gémit.

— Tu utilises le godemiché comme ça ? Tu t'assois dessus ?

La pensée de Gavin dans son dortoir se baisant me fit rougir partout.

— Ouais, répondit-il en serrant les cuisses alors qu'il s'empalait. Mais tu es tellement mieux ! Oh, Charlie !

Grimaçant, il s'enfonça davantage, et nous gémîmes bruyamment alors qu'il me prenait doucement centimètre par centimètre. Il suait, se baissant et étirant son canal autour de moi. C'était comme du feu, dans le bon sens, et il était si étroit que mes yeux roulèrent dans leurs orbites. Mes orteils se crispèrent, et je dus me retenir. Je n'allais pas venir aussi vite pour la première fois de Gavin. Et bon sang, à la pensée que ma queue était la première à s'enfoncer en lui, et à le sentir, m'étourdit de joie. Le but du sexe auparavant avait été de jouir et d'en profiter, mais ça, c'était tellement plus.

— Charlie, murmura Gavin en se relevant de quelques centimètres avant de se laisser retomber. Bon sang, c'est… tu es si gros.

Je ne n'étais pas vraiment grand – quinze centimètres seulement –, mais j'étais épais. Je relevai mes hanches, juste un peu, et m'enfonçai à l'intérieur de lui.

— Tu es si étroit. Seigneur, Gav…

Les yeux intenses, il grogna, commençant à s'empaler sérieusement. Je caressai ses cuisses.

— Voilà.

Nous haletâmes tous les deux, et regarder Gavin chevaucher ma queue était si bon que j'aurais pu le faire pendant des heures si je pouvais retenir mon orgasme aussi longtemps. Sa bouche était ouverte et sa tête penchée en arrière alors qu'il s'enfonçait sur mon sexe, me prenant profondément en lui. Je voulais lécher la ligne qui partait de sa gorge, mais me contentai de toucher sa poitrine, et là où je pouvais, à part son membre qui rebondissait.

Gavin cria.

— Oh !

Sa tête se releva brusquement et il se pencha vers moi, posant ses mains sur mes épaules.

— Merde, c'est…

Il haleta, s'agitant sur mon membre.

— Ouais, voilà. As-tu trouvé ton point sensible ? Voilà, Gav. Donne-moi tout.

Il me regarda, son souffle ondulant sur mon visage alors qu'il s'empalait.

— Je ne peux pas croire que nous sommes en train de faire ça !

— Moi non plus.

Nous rîmes, et Gavin m'embrassa violemment, nos langues et nos dents s'écrasant les unes contre les autres. Il grognait maintenant, s'enfonçant sur ma queue plus fort que je n'aurais osé le faire pour une première fois. Ses sourcils brillaient de sueur, et je pensai que ma queue allait peut-être exploser lorsque je jouirais. Le plaisir qui irradiait de mon membre, les flammes qui léchaient mon corps. Je n'allais pas tarder, mais Gavin devait jouir d'abord.

Je pris sa queue humide et la masturbai durement, étalant le liquide séminal et le frottant fort.

— Regarde-moi.

Gavin le fit, son regard vitreux croisant le mien, des grognements et des gémissants sortant toujours de ses lèvres entrouvertes.

— Charlie, gémit-il.

— Je veux te voir venir.

Il hocha la tête.

— Presque. Charlie, j'y suis… presque… s'il te plaît…

Tendu et haletant, il me chevaucha tandis que je le caressais, et mon cœur battit plus rapidement dans mes oreilles alors qu'il tremblait et jouissait, se déversant sur moi. Il s'empala encore sur ma queue, et c'était si étroit. Je le baisai jusqu'à ce que j'explose à mon tour et fermai les yeux, criant. Une douce brûlure me traversa par vagues avant de disparaître.

Haletant, Gavin s'effondra sur moi, son souffle chaud sur mon cou. Nous étions en sueur, collants, et je ne voulais jamais, jamais que ça se termine.

Sept

Gavin

24 Décembre

J'ai couché avec un mec.

Pas n'importe quel gars, bien sûr. Nous avions en grande
partie somnolé pendant quelques heures, et maintenant, il était plus
de minuit. J'étais étendu sur mon dos, et à côté de moi, sur son
ventre, sa jambe sur la mienne, Charlie dormait avec les lèvres
entrouvertes, sa joue posée sur l'oreiller qu'il tenait. Nous étions
en sueur, là où nos jambes se mêlaient, mais je ne bougeai pas.
Jamais de la vie. Nous avions tiré les couvertures, et avec la lueur
colorée des lampions, c'était comme être dans un petit nid douillet.

Ma bougie d'Hanoucca s'égouttait sur la table de nuit, presque
fondue dans son support de verre. À la maison, nous aurions
allumé la bougie *Shamash*[5] au milieu du Hanoukkia, et la première
bougie à droite. Nous n'étions jamais allés dans une synagogue,

---

[5] C'est une branche des neuf branches du chandelier, qui est utilisé par les juifs
lors de la célébration de Hanoucca.

mais nous suivions toujours quelques traditions, même si ce n'était qu'à moitié.

Je ris lorsque je me rappelais de ma mère rouspétant à travers Yom Kappour.

— Ne pouvons-nous pas expier et avoir notre café en même temps ? Les Hébreux ne devaient pas s'asseoir durant une présentation des ressources humaines sans caféine. Et les donuts étaient juste devant moi ! C'était cruel. Je ne pense pas que ça dérangerait le big boss si j'avais eu un café à la crème. C'était une autre chose pour laquelle expier.

— Quoi ? marmonna Charlie.

— Rien. Je suis juste en train de penser.

Il cligna des yeux d'un air ensommeillé.

— À propos de quoi ?

— Quelques trucs, dis-je en faisant courir le dos de main sur son bras. Tu sais, j'ai toujours voulu avoir un arbre de Noël. J'aime ses illuminations et tout.

— Peut-être parce que je suis athée, mais je ne vois pas pourquoi tu ne pourrais pas l'avoir. Ce n'est pas comme si le Père Noël ou Rodolphe étaient dans la Bible. Ce ne sont pas des vacances religieuses. Le Père Noël est non confessionnel.

Je me mis à rire.

— C'est vrai.

C'était sur le bout de ma langue de dire que, l'année prochaine, nous pourrions fêter ça et avoir une Hanoukkia et un arbre, mais heureusement, je me retins. Parce que… waouh, c'était fou de penser à l'année prochaine comme si nous étions un *couple*, et comme si nous vivions ensemble ou quelque chose comme ça. Je prenais beaucoup d'avance. Je venais juste d'avoir des relations sexuelles avec un gars pour la première fois.

Wow ! Cela me frappa encore… j'avais finalement couché avec un homme !

Charlie frotta sa jambe contre la mienne.

— Dis-moi.

— J'ai l'impression…

Je m'interrompis. C'était trop idiot pour le dire à voix haute. Mais Charlie se contenta d'attendre, me regardant patiemment, alors je lâchai.

— J'ai l'impression d'avoir perdu ma virginité, et que je devrais faire une reconnaissance officielle, qui prouve que je suis gay. Comme une carte de membre ou quelque chose comme ça.

— Ce sera par courrier. Peut-être que ça prendra quelques jours pour faire la démarche, avec les vacances et tout.

Je hochai la tête.

— Oh, c'est bon à savoir. Est-ce stratifié et tout ?

— Ouais. Tu devras aller aux clubs et ce genre de trucs. Assure-toi de ne pas la perdre. L'Association Américaine Des Homosexuels n'aime pas délivrer des cartes deux fois. Ils vont te facturer des frais de renouvellement.

— Oui, c'est assez juste.

Nous sourîmes, et Charlie frotta sa paume contre mon torse, toujours allongé sur le ventre.

— Mais tu n'étais pas puceau, n'est-ce pas ?

— Non. Avec Candace, j'ai… nous l'avions fait seulement quelques fois. Nous avons attendu un long moment, ce qui me convenait parfaitement, bien sûr. Je lui ai laissé tout le temps qu'elle voulait. Mais je suppose que j'étais un puceau gay, ce qui n'est pas vraiment important.

— Bien sûr que ça l'est, dit Charlie en tirant doucement sur les poils que j'avais sur la poitrine. Pourquoi n'es-tu pas allé draguer à San Francisco ? Bon sang, si tu étais allé au Castro pour acheter ce godemiché, tu aurais pu trouver des dizaines de gars prêts à te baiser avec.

Je ne voulais pas d'une dizaine de gars. Je ne voulais que toi.

— J'étais nerveux. Avec Candace, je n'étais pas intimidé. Je la connaissais tellement bien, et c'était embarrassant, et un peu bizarre, mais cela ne me faisait pas peur. Être avec un gars que je ne connaissais même pas, c'était juste… je suppose que je n'étais pas prêt. J'avais peur de tout faire de travers. Alors, j'ai acheté un jouet, et me disais que j'allais pratiquer.

— Pratiquer a ses avantages.

Il pinça mon téton, et un éclair de plaisir me traversa.

— Ouais ?

Je savais que je rougissais.

— Euh… merci. Toi aussi.

Même si je ne voulais pas penser au nombre de gars avec lesquels Charlie avait pratiqué. C'était totalement injuste, mais la jalousie me nouait l'estomac.

— Je suis allé au Castro quelques fois pour me promener, et je me demandais si je te verrais là-bas.

Je ricanai.

— Comme si tous les gays de San Francisco se trouvaient constamment au Castro, pas vrai ?

Charlie me dévisagea prudemment, sa main toujours sur mon pectoral.

— Mais tu me détestais, remarqua-t-il.

— Eh bien, oui, mais pas vraiment. J'étais en colère après ce qui s'était passé à la pizzeria. C'était… c'était plus facile de prétendre que tu étais un connard et que tout n'était pas de ma faute. Mais tu étais le seul auquel je pensais quand je me masturbais. Seigneur, je t'ai toujours voulu.

Il sembla réfléchir à ce que je disais pendant qu'il traçait de petits cercles avec son pouce.

— Vraiment ?

— J'ai vraiment essayé de ne pas le faire. Quand Madame Papadakis m'a dit que tu allais partir à San Francisco aussi, je ne pouvais le croire. Je ne savais pas quoi en penser. J'étais en colère contre toi, mais après ce que j'ai fait en troisième année…

Ma gorge était sèche, mais je poursuivis.

— Je suis désolé.

— Je sais. Ça m'a fait mal, mais c'est réglé maintenant. Qui sait ce qui aurait pu se passer si tu m'avais attendu le premier jour d'école. Peut-être que nous serions sortis ensemble, et aurions rompu à Halloween.

Je repensai à ce jour-là, et combien je m'étais douché et habillé pour que je puisse marcher le kilomètre jusqu'à l'école, seul.

— Tu voulais toujours y aller avec moi, même après ce qui s'était passé à la fête ? Quand j'avais jeté des cailloux sur ta fenêtre, tu n'avais pas répondu.

Soupirant, il ferma les yeux.

— Le mardi, j'avais décidé que c'était d'accord. Si tu étais hétéro, au moins, nous pouvions rester amis. C'était le plus important.

Oh ! Un éclair de culpabilité me traversa à nouveau, et je pris sa main et embrassai sa paume, ne sachant même pas quoi dire.

— J'ai frappé à ta porte, et ta mère a répondu. Elle m'a dit que tu étais déjà parti. Je crois avoir eu l'impression que j'étais sur le point de vomir sur ses roses, mais je pensais que je te retrouverais à l'école, et que nous prétendrions qu'il ne s'était rien passé. Durant tout le chemin, je me demandais ce que j'allais te dire, et à quel point je serais désinvolte et cool à propos de ça. Mais ensuite, quand tu es passé devant moi dans le couloir comme si je n'existais même pas…

— Je suis désolé, murmurai-je. J'aurais tout donné pour changer tout ça.

Je m'approchai de lui et embrassai son épaule.

Il ouvrit les yeux.

— Je suis désolé aussi. Nous ne pouvons pas changer ce que nous avons fait.

Il m'embrassa tendrement, juste un effleurement de ses lèvres. Nous inspirâmes l'odeur l'un de l'autre, pressant nos fronts, sans dire un mot.

Quand Charlie recula, il m'embrassa sur le bout du nez.

— Retournons à la scène où tu fantasmais sur moi alors que tu te caressais. J'ai besoin de plus d'explications.

Je me mis à rire, la pression dans ma poitrine s'allégeant.

— Je suis certain que tu peux le deviner.

— C'est vrai que j'ai une vive imagination, mais je veux des détails, Bloomberg. Crache le morceau.

— Eh bien, je regardais une vidéo ou pensais à un acteur sexy. Mais au final, c'était toujours toi, ou sinon, je ne pouvais pas…

Charlie se pressa contre moi, appuyant sa tête dans ma main. Sa queue effleura ma hanche.

— Tu ne pouvais pas jouir jusqu'à ce que tu m'imagines ?

Si je n'avais pas rougi auparavant, je l'avais fait à coup sûr, maintenant. Mais c'était la vérité, alors je hochai la tête et détournai le regard. Faisant courir sa main sur mon torse, Charlie tourna ma tête vers lui d'un doigt sous mon menton. Je ne savais pas à quoi je m'attendais, mais il ne se moquait pas de moi. Ses yeux étaient sombres, et il se pencha pour m'embrasser, léchant ma bouche. Quand il recula, il traça un chemin vers le bas de mon corps de sa main, cette fois-ci encerclant ma queue, qui se réveilla rapidement.

— À quoi pensais-tu ?

— Tu sais… des trucs.

Mon souffle devint haletant alors qu'il caressait le bout de ma queue.

— Hum, des trucs, sourit-il diaboliquement. Tu dois être plus spécifique.

Il écarta mes jambes et tendit une main pour toucher mon ouverture avec son doigt.

— As-tu pensé à ma queue dans ton cul ?

— Ou… ouais.

J'étais un peu sensible, mais j'aimais la sensation de son doigt me taquinant.

— Quand je regardais du porno, je fantasmais sur toi dans toutes les positions, lâchai-je.

— Ah ouais ? dit-il en frottant sa queue dure contre ma hanche. Je te suçais ? Je te baisais ? Ou bien, c'était peut-être toi qui me baisais ?

Je hochai la tête si fort que je la frappai presque contre le cadre de lit.

Charlie lécha sa paume, et caressa à nouveau ma queue.

— Comment étais-je ? Sur le dos ? Le côté ?

— Parfois. Mais habituellement…

— Sur le ventre ? Hum… ou peut-être à quatre pattes ?

Ma queue pulsa dans sa main et je gémis.

Souriant timidement, il m'embrassa durement, tout en salive et langue alors qu'il continuait à me masturber.

— À quatre pattes ? Avec toi derrière moi ? Tu es grand, alors tu pourrais facilement me prendre. Enfoncer ta queue en moi. Me baiser jusqu'à ce que je crie ton nom.

J'attrapai sa tête, tirant sur ses cheveux pour le relever pour un baiser tandis que je m'enfonçais dans son poing.

— Oui, gémis-je.

Charlie s'éloigna, mais revint en une seconde, me jetant les préservatifs avant de se mettre à quatre pattes.

— Fais-le ! Merde, s'il te plaît.

Il pressa le tube de lubrifiant avec ses doigts et les ramena jusqu'à ses fesses.

Je laissai tomber le sachet de préservatifs trois fois avant que d'être capable de l'ouvrir et de le dérouler sur ma queue. Je le regardai étirer son entrée, enfonçant ses doigts à l'intérieur, et je dus presser la base de mon sexe pour me ressaisir. Rampant derrière lui, je pris son poignet, retirant ses doigts et me mis à genoux. Le drap s'était resserré autour de moi et je le retirai.

Son entrée brillait, et j'écartai ses fesses. J'aurais probablement pu la regarder pendant une heure s'il me laissait faire, mais il tortilla son cul.

— Allez, Gavin ! Baise-moi comme tu l'as toujours voulu.

Il me fallut deux essais pour enfoncer ma queue en lui, le bout pressant contre son anneau de muscles. Je ne voulais pas le blesser, et je m'enfonçai à titre expérimental. Pas de mouvement. J'essayai encore, et Charlie grogna.

— Mec, enfonce-la. Je ne vais pas me casser, promis. C'est normal que ça fasse mal. Ça en fait partie.

Il avait raison, bien sûr… la brûlure qui rendait tout le plaisir encore plus intense quand je m'étais empalé moi-même sur sa queue. Agrippant ses hanches, je m'enfonçai en lui, étirant son ouverture serrée alors que je glissais à l'intérieur. Après une autre poussée, j'entrai entièrement, mes hanches frappant son cul. Nous criâmes tous les deux, et j'espérais que nos voisins n'avaient pas le sommeil léger.

Si c'était le cas, dommage pour eux, parce que je gémis, grognai et criai alors que je baisais violemment Charlie. Il prenait tout ce que je lui donnais avec ses propres halètements et cris, et le bruit de nos peaux frappant l'une contre l'autre emplit la pièce. Attrapant son épaule d'une main, je me penchai sur lui et m'enfonçai plus profondément.

Il était si chaud, se resserrant autour de moi, et j'aimais le côté dur de nos ébats. Je n'avais pas besoin de m'inquiéter d'être trop lourd, et ses grognements bas étaient comme je les avais imaginés. Il était largement ouvert pour moi, si parfait, et je voulais le baiser toute la nuit. J'espérais que je le faisais d'une manière correcte. Mais bon sang, le fait de le faire seulement représentait tout. Nos peaux glissaient l'une contre l'autre, et je respirais par ma bouche, essayant de trouver un rythme.

— Oh ouais, gémit Charlie. Là. Touche-moi encore là. Baise-moi bien.

Il avait l'air de l'une de ces stars du porno, et *j'aimais* ça. Mon cœur battit si vite que j'avais l'impression qu'il allait jaillir de ma poitrine à tout moment alors que je le baisais toujours. Il était très étroit, et j'aurais voulu venir en lui. Je voulais le remplir jusqu'à ce que ça coule, si cela avait été possible.

J'avais des crampes dans les jambes, et mes boules étaient pleines et contractées, alors je tendis une main pour prendre sa queue, le masturbant fort.

Lorsqu'il jouit, il cria si fort que les gens de la pharmacie de l'autre côté de la rue l'avaient certainement entendu. Il resserra violemment son cul, et je continuai à m'enfoncer, enroulant une main dans ses cheveux humides alors que je terminais. Je fermai les yeux, regardant toujours les explosions de lumières colorées, mon orgasme me faisant trembler. Haletant, nous nous effondrâmes dans le lit. Charlie prit ma main et l'embrassa.

— Ta carte de membre est définitivement assurée.

Je devais enlever le préservatif et nous nettoyer, mais je restai allongé sur son dos pendant encore un moment, souriant contre sa peau.

Charlie

— Charlie !

Je me redressai brusquement, et la chambre de motel apparut devant moi. Gavin était à genoux à côté de moi avec la lumière de son téléphone illuminant son visage et la lueur des lampions formant un arc-en-ciel au-dessus de lui.

— Quoi ?

Je me raclai la gorge, toussant.

— Que se passe-t-il ?

Je clignai les yeux pour regarder l'heure sur la table de nuit. 13 h 15.

— C'est un miracle de Noël ! La tempête s'est déplacée vers le nord. Les routes de l'Est ne sont pas trop mauvaises. Si nous partons maintenant, et conduisons toute la nuit, nous y serons le vingt-cinq ! Tu seras là quand Ava se réveillera !

J'étais bien éveillé maintenant, l'adrénaline courant dans mes veines.

— Tu es sérieux ?

Gavin inclina la tête sur le côté et haussa les sourcils.

— Non, je rigole. Je t'ai eu ! Je suis mort de rire !

Il frappa mon épaule et bondit du lit.

— Allons-y !

Je bondis à mon tour et allai chercher mes habits, mais alors, je vis le sperme séché sur ma poitrine.

— Merde ! Je dois vraiment prendre une douche rapide.

— Je t'ai devancé, lança Gavin de la salle de bain.

Le son de l'eau suivit.

— Donne-moi cinq minutes ! Nous serons plus rapides si nous le faisons séparément.

— Tu penses vraiment que nous y arriverons ? lançai-je.

J'avais peur d'oser espérer, mais c'était déjà fait.

— Quoi ?

— Rien !

J'ouvris ma valise et pris des vêtements propres avant de jeter le tout à l'intérieur. Après avoir enlevé les lampions de Noël, je les rangeai aussi à l'intérieur. Lorsqu'il sortit de la salle de bain, humide, frottant une serviette sur ses cheveux, je pris une seconde afin d'apprécier cette *beauté* qu'était mon petit ami. *Whaou* ! La pensée traversa ma tête si naturellement. Mais était-il mon petit ami à présent ? J'allais probablement trop vite en besogne.

Mais voulait-il le devenir ? Et si…

OH, MON DIEU ! RAMÈNE TON CUL SOUS LA DOUCHE ET RUMINE TA SITUATION AMOUREUSE PLUS TARD !

Je détalai pour suivre l'ordre de mon sergent intérieur, fermant la porte de la salle de bain derrière moi pour faire mes besoins, parce qu'il était vraiment trop tôt pour le faire devant lui. Oui, j'étais peut-être vieux jeu, mais…

J'entrai dans la cabine de douche, où je versai le reste du shampoing et de gel douche du motel et frottai tout mon corps. Je me rendis compte que je souriais, et que je chantonnais « Vive le vent… ». Très bientôt, nous nous battrions vaillamment contre la neige, et je pourrais voir le visage parfait de ma petite sœur, le matin de Noël. Alors que je sautillais, je continuai à chanter.

« Par les champs nous allons
Riant tout le long
Les clochettes de la queue du cheval tintent…»

Je me demandais si les *queues* des chevaux avaient des clochettes, et posai la main sur la poignée de la porte pour demander à Gavin quand je réalisai qu'il parlait au téléphone avec quelqu'un.

— Ouais, papa. C'était super, en fait. Pas du tout ce à quoi je m'attendais.

Je me souris à moi-même. Cela avait été super, pas vrai ?

— Non, tu sais que ça ne me dérange pas de rester seul. J'ai rattrapé mes lectures. Je ferais mieux d'y aller. Je suis content que toi et maman passiez du bon temps. Amusez bien avec le planche à bras[6] !

---

[6] Le planche à bras est un sport qui se pratique en mer et qui consiste à utiliser une planche spécialement conçue pour ramer et se déplacer en utilisant les bras, en position à plat ventre ou à genoux. Dans les courses les distances parcourues sont généralement de 30 à 60 km

Me tenant là, sur le carrelage, nu et humide, je m'obligeai à inspirer profondément. C'était comme si j'avais été frappé d'une droite en plein visage (sans mentionner les boules), et je supposais que Gavin m'en devait une. Apparemment, le statut de petit ami était trop prématuré. C'était bon à savoir. J'essayai de me concentrer. *Il a des raisons valables de ne pas le dire à son père maintenant. Il n'a même pas fait son coming-out. C'est cool. Ne t'emporte pas. Ça ne veut rien dire.*

Mais merde, ça faisait mal !

Je me séchai rapidement, et ne le regardai pas alors que je m'habillais.

Tout allait bien. Je devais juste voir ce qui allait se passer. Pas de raison de faire une scène, surtout que ce n'était pas comme si nous nous étions engagés. Avant ces derniers jours, nous ne nous étions même pas parlés depuis des années. Je m'attendais à quoi ? Ce n'était pas grand-chose.

— Charlie ? Tu vas bien ?

— Euh… Ouais, mentis-je. Je suis juste nerveux à l'idée de rentrer à la maison. Maintenant que c'est possible, je veux y arriver.

— Je sais. Nous le ferons.

Avec ses fossettes et ses yeux doux, il prit mon visage entre ses mains et m'embrassa tendrement.

— Je vais te ramener à temps, d'accord ?

J'aurais pu rester ainsi à l'embrasser pour toujours, mais je hochai la tête. Je ne pouvais pas me permettre de m'inquiéter pour l'avenir. Gavin était là avec moi, maintenant, et nous étions en route, parce que Noël ne pouvait pas attendre.

Huit

Gavin

25 Décembre

Il était juste une heure du matin quand nous nous garâmes devant l'allée des Yates. Charlie éteignit le moteur, et nous nous regardâmes.

— Nous y sommes arrivés. Le matin de Noël, dis-je.

Nous avions conduit lentement à la sortie de Sandusky, mais les chasse-neiges avaient été là en force quand nous avions atteint la Pennsylvanie.

Charlie regarda sa maison, qui brillait d'illuminations de Noël accrochées au toit, et aux arbustes sur la fenêtre de devant, et qui brillaient d'une lueur jaune. Il sourit.

— Viens.

— Oh, tu es sûr ? Je peux juste…

J'indiquai ma maison sombre de l'autre côté.

— Tu ne veux pas entrer ?

— Si, mais je ne veux pas m'imposer.

Il leva les yeux au ciel.

— Je ne serais pas là sans toi. Tu ne t'imposes pas.

Il sortit et ferma doucement la portière, je le suivis, soulagé. Cela m'aurait convenu d'aller à la maison… mon lit me manquait. Mais elle n'était pas aussi accueillante que celle des Yates, de la chaleur se déversa alors que Madame Yates ouvrait la porte et attirait Charlie dans ses bras. Je reculai sur le perron alors qu'elle prenait le visage de son fils dans ses petites mains et l'embrassait sur le front, le menton, les joues et le nez. Elle était blonde, petite, et jolie de cette manière rassurante dont une mère était.

Les parents de Charlie étaient tous les deux en pyjama, et Monsieur Yates dépassa sa femme pour me tendre une main. Il était grand, bedonnant, et dégarni, mais avait le sourire ravageur de Charlie.

— Gavin, c'est un tel plaisir de te revoir, dit-il doucement. Merci d'avoir ramené Charlie à la maison. S'il te plaît, entre. As-tu faim ? Soif ?

Souriant, je serrai sa main et fermai la porte derrière moi.

— Avec plaisir, monsieur.

Et bien sûr, mes joues rougirent violemment, et je balbutiai et me concentrai pour défaire mes chaussures. Mais Monsieur Yates ne semblait pas l'avoir remarqué, et il étreignit Charlie à son tour. Alors qu'ils parlaient doucement, Madame Yates prit mon manteau.

— Veux-tu un peu de chocolat chaud ? me demanda-t-elle.

— Ce serait génial, mais je ne devrais probablement pas rester longtemps. Il se fait tard. Ou tôt, selon le point de vue.

— J'ai pensé que Gavin pourrait rester jusqu'à ce qu'il parte skier demain, dit Charlie.

— Oh, évidemment !

Madame Yates murmurait toujours.

— Cela nous ferait très plaisir. Nous ne voulons pas que tu passes Noël seul.

Un *thump-thump-thump-thump* retentit et la fit soupirer.

— Je crois que nous avons été démasqués.

Charlie haussa les épaules.

— Tu pensais sérieusement qu'elle allait dormir toute la nuit ?
Tu es si optimiste, maman.

Il bondit ensuite vers l'escalier.

— Parce que ce petit ourson est sorti de son hibernation, pas
vrai ?

Un grognement remarquablement bruyant accompagna le son
des pas d'Ava descendant les marches et se jetant dans les bras de
Charlie. Il grogna à son tour, et elle l'entoura de ses bras et de ses
jambes. Elle était trop petite pour ses huit ans, ce qui était logique
après avoir été aussi malade.

Ses cheveux avaient repoussé en boucles qui atteignaient ses
oreilles, et elle était la chose la plus adorable que je n'avais jamais
vue, surtout dans les bras de Charlie. Il la serra contre lui avec une
expression remplie de tant d'amour et de tendresse que mes yeux
me picotèrent seulement en les regardant.

Madame Yates semblait sur le point de pleurer aussi, et son
mari enveloppa un bras autour de ses épaules. Ava se remit sur ses
pieds et se tourna vers l'endroit où je me tenais.

— Salut, Gavin ! Je ne sais pas si tu te souviens de moi.

— Bien sûr que si ! dis-je en souriant. C'est un plaisir de te
rencontrer à nouveau.

Elle se dirigea vers moi, et jeta ses bras autour de ma taille.

— Merci d'avoir ramené Charlie pour Noël.

— Je t'en prie.

Je tapotai sa tête et l'étreignis.

— C'était écrit, la manière dont cette tempête s'est déplacée
vers le nord, dit Madame Yates. Je pense que c'est le miracle du
Père Noël.

Ava sautilla.

— Est-il déjà passé ?

Madame Yates passa une main sur les cheveux d'Ava.

— Peut-être, mais tu sais que tu dois attendre jusqu'au matin de Noël.

— *C'est* le matin de Noël ! Il est minuit passé !

Charlie l'entoura de son bras.

— Que dirais-tu d'ouvrir nos cadeaux, maintenant ? Puisque maman et papa sont déjà debout, comme ça, nous ne les réveillerons pas à cinq ou six heures du matin.

— Il soulève un excellent point, dit Monsieur Yates.

Madame Yates sourit.

— Je vais préparer du chocolat chaud, et je suppose que nous devrions aussi vérifier la cheminée.

Ava se précipita vers le couloir et je suivis la famille vers le salon.

L'été où j'avais emménagé à Norwalk, j'avais passé tellement de temps dans le salon, et surtout là. Le tapis épais de couleur beige et le canapé étaient restés les mêmes. La grande télévision au-dessus de la cheminée était nouvelle, et j'imaginais combien ce serait formidable de jouer à des jeux vidéo dessus. Peut-être que Charlie et moi pourrions faire quelques matchs.

Nous sommes amis, à nouveau, mais nous sommes plus que ça ? Que se passera-t-il après Noël ?

Ava couina alors qu'elle parcourait les cadeaux enveloppés et brillants qui étaient sous le sapin de Noël, dans un coin du salon.

— Il y en a tellement !

— Je suppose que tu es dans la bonne liste, cette année, hein ? demanda Charlie. À moins qu'ils ne soient tous pour moi.

— Je crois qu'il en a aussi pour maman et papa, commenta Madame Yates.

Charlie haussa les épaules.

— Je *suppose*.

Riant, Ava regarda les cadeaux accrochés sur la cheminée.

— On peut, on peut ?

— Oui, on peut, dit Madame Yates avec un large sourire.

Je m'installai sur le canapé avec les parents de Charlie, tandis que celui-ci et Ava s'asseyaient sur le tapis, et commençaient la difficile tâche de défaire les cadeaux, en faisant des « Ohhh », et des « Ahhh » en voyant les petits présents à l'intérieur. Je supposai que Madame Yates avait fait tous les achats, et qu'il y avait des produits de toilette dans tous les paquets, aussi bien que des jouets pour Ava et un nouveau jeu vidéo de courses de voitures pour Charlie.

Avec un froncement de sourcils, Madame Yates déballa une petite fiole de son emballage. Elle haleta doucement, souriant largement à son mari.

— Chanel. Comment as-tu fait pour le mettre là ?

— Hey, demande au Père Noël, je ne sais pas.

Il l'embrassa et continua à déballer ses propres cadeaux.

— Oh !

Madame Yates alla jusqu'à la cheminée et prit une enveloppe blanche.

— Gavin, voilà un petit quelque chose pour toi.

— Quoi ? Vous n'auriez pas dû !

Je pris l'enveloppe, regardant mon nom écrit en lettres gracieuses.

Madame Yates s'assit à côté de moi et pressa mon bras.

— C'est juste un petit remerciement.

J'ouvris l'enveloppe, et sortit une carte d'Hanoucca bleue et grise, décorée de flocons de neiges et de petites étoiles de David. Quand je l'ouvris, un bon d'achat de cent dollars sur iTunes tomba sur mes genoux.

— Wow ! Merci beaucoup ! Vous n'auriez pas dû.

— C'était le Harry d'Hanoucca, m'assura Monsieur Yates. Il est passé juste avant le Père Noël.

Gloussant, je lus la carte.

Chaleur de joie, lueur de prospérité, étincelles de bonheur.
Que tu sois béni avec toutes ces choses, et plus encore.

En dernier, Madame Yates avait ajouté :

Merci d'être un si bon ami pour Charlie. Nous espérons te revoir très souvent !

Avec toute notre affection,

Maria, Graham, et Ava.

— Merci.

Je réussis à garder mon sourire en place, même si je voulais protester et dire que j'étais un imposteur. Que je n'avais pas été un si bon ami pour Charlie, même pas après qu'Ava soit tombée malade, alors que j'aurais dû vaincre mes peurs. Mais tandis que je regardais la famille Yates ouvrir leurs cadeaux au milieu de la nuit, je me rendis compte qu'il ne s'agissait pas de moi. Charlie avait raison ; nous ne pouvions pas changer le passé, et peu importe ce qui se passerait entre nous, je ferais tout mon possible pour être l'ami qu'ils pensaient que j'étais.

C'était le milieu de la nuit, et j'aurais dû être épuisé. Et je l'étais, mais mes yeux ne voulaient pas se fermer. Tendu et agité, je regardais le plafond de la chambre d'ami. Charlie était à l'autre bout du couloir, et je mourrais d'envie d'aller le rejoindre pour voir s'il dormait. Certainement. Peut-être même comme un loir.

Je fermai résolument les yeux. Il était temps de dormir maintenant. Nous devions nous lever dans quelques heures pour le matin de Noël, alors j'avais besoin de me reposer. Inspirant et expirant, je comptai mes souffles, les faisant ralentir. *Voilà. Dors maintenant. Il est temps de sombrer.* Avec un soupir, j'ouvris les yeux et me tournai, étendu sur le lit double. Puis j'essayai l'autre côté. Puis sur mon ventre. Puis sur mon dos à nouveau. Ma pression artérielle augmenta alors que je rejetais les couvertures. *Dors, putain ! Va dormir !*

Je retins mon souffle alors que la porte s'ouvrait doucement. Je clignai les yeux dans l'obscurité, tendant la main pour repousser l'un des rideaux à côté du lit. La lueur de la pleine lune illumina Charlie, qui fermait la porte derrière lui. Souriant, il grimpa sur le lit, et s'effondra sur moi. J'aimais son poids, la justesse de sa chaleur comme la lueur fixe d'une bougie. J'ouvris la bouche pour sa langue.

Nous portions tous les deux des tee-shirts et des pantalons de pyjama en flanelle, et je tirai sur l'ourlet de Charlie, touchant les muscles fins de son dos. Ouvrant mes jambes, je gémis dans la bouche de mon amant alors qu'il s'installait entre mes cuisses et ondulait ses hanches contre les miennes. Je voulais être nu et lever mes jambes pour que Charlie puisse me baiser. La pensée de lui s'enfonçant en moi provoqua un picotement au niveau de mes boules.

Ou peut-être qu'il pourrait chevaucher ma queue comme je l'avais fait. J'aurais voulu être à l'intérieur de lui. Mais c'était impossible que je puisse rester silencieux. L'embrassant violemment, je donnai un coup de reins désespéré.

Rompant le baiser, Charlie se releva sur une main et suça mon lobe. Son murmure envoya des frissons à travers mon corps.

— Que veux-tu ?

Ne pouvant le dire en mots, j'attrapai son cul et collai nos queues ensemble à travers le léger tissu de flanelle.

— Je veux vraiment te baiser, encore, mais nous ne pouvons pas le faire ici.

Il pressa ses hanches contre les miennes, haletant contre mon oreille.

— Mais peut-être que tu veux que je te suce ?

Je me mordis la langue si fort que mes yeux s'embuèrent. Hochant la tête impatiemment, je tirai sur ses vêtements, mais il se mit hors de portée, baissant mon boxer et mon pyjama. Mon tee-shirt était remonté sur mes bras, mais je réussis à l'enlever et à le jeter sur le sol. J'étais nu et Charlie ne l'était pas, et pour une raison quelconque, cela fit durcir ma queue encore plus.

Il s'assit sur ses talons, à mes pieds, et sembla attendre. Je rougis de mon cou jusqu'à mes joues, ce qui était vraiment stupide puisqu'il m'avait déjà vu nu. Mais murmurer ensemble dans l'obscurité et à la lueur de la lune rendait tout ça plus intime. Avec une profonde inspiration, j'écartais les jambes, attrapant mes genoux et les ouvrant encore plus.

Le souffle de Charlie devint haletant, et il se lécha les lèvres et hocha la tête. Il prit son temps, faisant courir ses paumes sur mes mollets et se blottissant à l'intérieur de mes cuisses, le frottement dur de sa barbe me faisant haleter. Ma queue se redressa, pointant vers mon ventre, et je la pris. Charlie agrippa mon poignet et secoua la tête, levant mes deux mains au-dessus de ma tête. J'étais si exposé, mais je savais que j'étais en sécurité avec lui. Même quand il disait et faisait des choses obscènes, il y avait toujours une gentillesse sous-jacente. J'avais finalement révélé mon côté sombre… l'homme que Candace n'avait jamais connu. Je n'étais plus un garçon, et j'avais une totale confiance en Charlie à propos de cette vérité cachée.

Il me taquina de baisers et de caresses sur mon torse. Je gémis tandis qu'il suçait chacun de mes tétons jusqu'à les rendre durs, se concentrant seulement pour me donner autant de plaisir qu'il le pouvait. J'essayai de le toucher, mais il fit un petit bruit de langue, et embrassa chacune de mes paumes avant de les relever au-dessus de ma tête.

Alors qu'il léchait mon nombril, j'enfouis mes doigts dans ses cheveux, ayant besoin d'avoir un contact. Ma queue devint plus dure et j'arquai les hanches, essayant de frotter mon membre contre lui. Son gloussement frôla ma peau.

— S'il te plaît… murmurai-je.

Charlie se rassit sur ses talons, et caressa mes cuisses écartées, me regardant avec un demi-sourire. Quand il se pencha à nouveau en avant, j'expirai le souffle que je retenais, certain qu'il allait finalement mettre fin à ma douce torture. Mais sa bouche trouva mon oreille.

— Tu es une vraie salope, pas vrai ?

J'imaginais qu'avec la plupart des gars, la question aurait paru dure et vulgaire, mais avec Charlie, c'était un doux murmure, comme s'il pouvait voir à travers moi et voulait faire ressortir tout ce que j'avais, sans jugement. Pantelant, je hochai la tête impatiemment, mon estomac se tordant de désir. J'*étais* une salope, et Charlie me faisait sentir si bien à ce sujet. Peut-être que c'était bizarre d'être excité par ça – d'être touché par ça –, mais je l'étais.

— *Ma* salope, n'est-ce pas, Gavin ? dit-il en mordillant mon lobe.

— Oui, haletai-je. *S'il te plaît.*

J'étais exposé et suppliant, et *j'adorais* ça. Je voulais crier et hurler, mais murmurer et toucher l'autre sans pénétration me rendit encore plus excité. Charlie embrassa ma bouche, mais quand je m'ouvris pour lui, il se traçait déjà un chemin humide le long de ma poitrine. Il releva son regard vers moi quand il atteignit ma queue, me dévisageant alors qu'il la touchait à peine du bout de sa langue, savourant les perles qui fuyaient. Il se lécha les lèvres lentement, ses yeux brillant tandis qu'il les verrouillait sur les miens. Je frissonnai, certain de jouir à l'instant.

Puis deux choses arrivèrent en même temps : Charlie avala ma queue, presque complètement, et il plaqua sa main sur ma bouche, retenant mon cri. Mes narines s'évasèrent, le plaisir me consumant tout entier. J'étais en feu, pantelant contre la paume de Charlie alors qu'il m'aspirait dans sa bouche, durement et rapidement, son autre main entourant la base de ma queue. Quand il recula brusquement, je me figeai, éloignant mon regard de ses lèvres brillantes à la porte. Y avait-il quelqu'un là-bas ? Étions-nous trop bruyants ? Oh, mon Dieu, était-elle *verrouillée* ? Mais avant que la panique ne s'installe en moi, Charlie se pencha, et siffla dans mon oreille :

— Veux-tu baiser ma bouche ?

Je ne pus retenir mon gémissement alors que je hochai la tête. Je laissai Charlie me pousser jusqu'à ce que nos positions soient inversées, et qu'il soit sur le dos. Il tira sur mes cuisses et je chevauchai sa tête. Mon torse s'élevait et s'abaissait alors que je me penchais et nourrissais ses lèvres de ma queue. Le doux effleurement me fit rouler des yeux, et j'agrippai la tête de lit pour ne pas tomber et le faire suffoquer.

Je donnai quelques coups timides, et Charlie m'attira plus contre lui, attrapant mes hanches. Je ne pouvais pas vraiment trouver un rythme, mais cela n'avait pas d'importance parce que j'étais si près. Grognant, je baisai profondément sa bouche, ses lèvres s'étirant autour de moi. Il suivit ma raie de ses doigts jusqu'à atteindre mon entrée secrète, l'effleurant, et un tremblement me saisit. Mon orgasme me chauffa à blanc alors que je giclais dans la bouche de mon amant. Il toussa, et je reculai, versant les dernières gouttes sur tout son visage. Il ferma les yeux, sa bouche grande ouverte, et sa tête penchée en arrière. Mon sperme était blanc sur son visage, et j'aurais voulu prendre une photo du magnifique tableau qu'il me présentait. À la place, je me penchai sur lui, et le léchai, ce qui le fit grogner et il m'embrassa violemment.

Je tendis la main vers son pantalon de pyjama pour prendre sa queue, et cela demanda seulement quelques caresses avant qu'il jouisse à son tour, se répandant partout. Haletant, je m'effondrai à moitié sur lui, avec mon visage niché dans son cou. Charlie m'entoura lentement de ses bras, et embrassa ma tête.

— Je sais que tu es juif, mais joyeux Noël. Merci de m'avoir ramené à la maison.

— Après ça, je pense que je vais me convertir. Je suis presque sûr d'avoir vu Jésus.

Nous rîmes bien trop fort, et nous nous collâmes l'un à l'autre, nous étreignant pendant un long moment.

Charlie

— Madame Yates, c'était génial.

Assis de l'autre côté de la table du dîner, Gavin tapota son estomac.

— Je suis gavé. Avec du rembourrage.

Je souris à sa petite plaisanterie, et Ava me donna un coup de coude dans les côtes, gloussant. J'essayai de la chatouiller sous son bras, mais elle s'éloigna avant de me pousser à nouveau.

— Quoi ? demandai-je.

Son regard alla vers Gavin, puis revint vers moi, mais elle secoua la tête, semblant réfléchir à ce qu'elle allait dire.

— Je suis si contente que ça t'ait plu, Gavin, dit maman en sirotant son vin rouge. C'était un plaisir de t'avoir.

— Merci encore pour avoir servi le dîner un peu plus tôt. Cela aurait été dommage que je manque ça.

Maman agita la main. Ses joues étaient roses, et c'était bon de la voir si détendue.

— Nous avons toujours dîné tôt à Noël. Ma mère avait l'habitude de tout avoir sur la table à seize heures au moins.

Elle vérifia sa montre.

— As-tu fait tous tes bagages ? Les Allen bientôt seront là.

— Ouais, je suis prêt à partir.

Le sourire de Gavin faiblit un peu.

— Charlie, tu es sûr que ça ne te dérange pas de rendre la voiture de location ?

— Pas de problème. Tante Wendy, Oncle Fred et le reste de la famille ne viendront pas avant la soirée pour le second Noël.

Gavin se mit à rire.

— Second Noël ? C'est comme le deuxième petit déjeuner des Hobbits ?

— Ouais. Tout le monde a son propre dîner à Noël, et chaque année, nous allons à la maison d'un membre le lendemain et manger tous les restes, dis-je.

Je souris.

— En plus, nous avons plus de cadeaux.

— Ça m'a l'air d'être génial, dit Gavin.

Papa s'adossa contre sa chaise au bout de la table, à l'opposé de maman.

— Quelle bonne idée qu'ont eue les Allen, d'aller jusqu'à Stowe, le jour de Noël. Vous devriez vous amuser, et être prêt à dévaler les pentes au matin. Nous devrions essayer ça, Maria. De partir en famille.

— En effet, répondit maman, mais elle ne semblait pas convaincue. Nous verrons. Le ski peut être dangereux.

Ava se tendit immédiatement.

— Je peux skier, maman. Plein de gens peuvent le faire.

Notre mère soupira.

— Oui, mais les gens se blessent aussi. Ils peuvent glisser entre les arbres et se casser les os.

— C'est ce que tu as dit à propos de la luge, mais tout le monde le fait. Sally McCormack l'a fait hier, et elle va bien. J'en ai assez de ne rien faire !

La voix d'Ava était devenue un gémissement.

— Tu ne m'as même pas laissé participer à la bataille de boules de neige !

Je posai ma main sur le dos d'Ava et fis de petits cercles tout en haussant un sourcil en direction de maman.

— Sérieusement ? Une bataille de boules de neige ? Elle ira bien.

Agrippant son verre de vin, maman pinça ses lèvres, formant une ligne mince.

— Tu serais surpris des choses que j'ai pu voir aux urgences.

Elle échangea un regard avec papa avant de soupirer.

— Mais oui, peut-être que je suis un peu surprotectrice.

— Nous aurons une bataille de boules de neige avant que je retourne à l'université, d'accord, mon petit ourson ?

Je pressai sa petite épaule.

— D'accord ! dit-elle, son visage s'illuminant. Gavin peut-il jouer aussi ?

— Bien sûr.

Je voulais vraiment remarquer que nous pourrions le faire cette nuit, si Gavin restait, mais je me retins.

— Quand il reviendra du ski, nous nous occuperons de lui.

Gavin leva les mains en signe de protestation.

— Whoa, whoa… deux contre un ? C'est injuste !

— Es-tu une poule mouillée ? demanda Ava, agitant ses coudes comme une poule, et faisant un petit bruit de caquètement et nous nous mîmes tous à rire.

— Comme tu peux le voir, c'est l'effet Charlie, remarqua papa.

La tension s'était heureusement dissipée, et maman bâilla.

— Je me mettrai bientôt au lit. Même si je veux essayer ma nouvelle liseuse, dit-elle en me souriant.

— J'espère que tu vas aimer. Imagine… tu vas avoir des centaines de livres dans ton sac à main. Plus de…

Je m'interrompis à temps.

— Tu ne seras plus à court, ajoutai-je, pathétique.

J'allais en fait dire « plus d'attente dans la salle de l'hôpital avec des magazines répugnants », mais avec la rémission d'Ava, il n'y aurait plus d'hôpitaux. Du moins, je priais vraiment pour ça.

Nous finissions d'aider avec la vaisselle quand on sonna à la porte. J'entendis la voix de Candace alors que mon père ouvrait, et après qu'Ava et mes parents l'aient salué et se soient dispersés, il ne resta plus que moi, Gavin, et Candace dans notre petit vestibule. Pas du tout gênant.

Je me raclai la gorge.

— Euh, salut. Joyeux Noël.

Elle sourit timidement. C'était vraiment une belle fille, toute blonde avec des dents blanches.

— Merci, Charlie. À toi aussi.

Elle portait une écharpe, un bonnet et des gants de couleur bleue et rose, c'était comme si elle sortait d'une publicité pour des vacances.

Je peux aussi bien arracher le pansement d'un coup sec, pas vrai ?

— Je suis désolé pour ce que j'ai dit ce jour-là, à la pizzeria. C'était horrible et méchant, et je suis vraiment, vraiment désolé, dis-je.

Candace cilla.

— Oh ! Eh bien, excuses acceptées.

Elle regarda Gavin.

— Si Gav peut pardonner et oublier, alors je peux aussi.

C'était stupide d'éprouver cette jalousie parce qu'elle l'appelait « Gav », mais c'était toujours là. Elle l'avait eu pendant quatre longues années, et maintenant, elle me le prenait encore.

— Cool, merci.

Je voulais glisser mon bras autour de lui, et le revendiquer. Je l'exhiberais et pisserais sur sa jambe si je pensais que ça pouvait aider.

— Alors, tu seras de retour le trente ? Mais tu dois voir ta famille et tout, n'est-ce pas ? Je suppose que je vais te revoir un de ces quatre.

J'essayai d'être désinvolte, et j'avais sûrement échoué.

Gavin me regarda, ouvrant et fermant la bouche plusieurs fois.

— Oh… dit-il finalement.

Merde ! Qu'est-ce que ça voulait dire ? Alors que je ruminais sa phrase et essayais de trouver quoi dire, Candace recula.

— Je vais t'attendre dans la voiture. À bientôt, Charlie !

Elle agita la main et s'enfuit, fermant la porte d'entrée derrière elle.

Maintenant, Gavin et moi étions là, nous regardant l'un l'autre. Les cris d'un match de football retentirent du salon près de la cuisine. Les mots tourbillonnaient comme un ouragan dans ma tête, et je penchai finalement pour un haussement d'épaules qui ressembla plus à un tremblement.

— Je veux dire, en supposant que tu veuilles me revoir.

Le voulait-il ? Je m'étais senti proche de lui, mais parler de tout ça était brusquement bizarre et embarrassant.

— C'est… Veux-tu *me* revoir ?

Oui, oui, oui !

Mais je me détournai, parce que j'étais nul à ça.

— C'est ce que tu veux ? Si c'était juste le coup d'une fois, c'est cool.

Si par « cool », tu veux dire la pire chose qui puisse m'arriver…

— Je ne pense pas.

Il baissa le menton et regarda le sol.

Attends, quoi ?

— Tu ne le penses pas… comme dans, tu ne veux pas me revoir ?

Il releva les yeux.

— Non. Je ne pense pas que ça soit cool si c'était juste un coup d'un soir.

Levant les mains, il continua.

— Bon, reprenons les choses depuis le début, et arrêtons de tourner en rond.

Les épaules de Gavin se redressèrent alors qu'il soupirait profondément.

— Je ne veux pas que ça soit un coup d'un soir. Je veux te revoir encore, dès que possible. Je suis vraiment très tenté de ne pas aller au ski, mais ce serait grossier.

— Oh !

Mon sourire était si large que mon visage me fit mal.

— D'accord. C'est génial. Je veux te revoir aussi. Je veux te voir tout le temps, en fait.

— Ouais ?

Il baissa la tête et sourit doucement.

— Bien. Je veux ça aussi.

— Tu n'as pas dit à ton père que tu étais avec moi, alors j'ai pensé que peut-être…

Merde. Je n'avais pas voulu le dire à haute voix. Je haussai une épaule.

— J'ai surpris ton appel quand je suis sorti de la douche hier. Je ne voulais pas écouter. C'était juste… tu sais… des parois fines. Désolé.

Son visage se plissa.

— Non, je suis désolé. Ce n'est pas à propos de toi. Je dois d'abord leur parler de moi. Mais je savais que si mon père découvrait que tu étais avec moi, il paniquerait sûrement, et nous devions reprendre la route. Ce n'était pas le bon moment.

— Je comprends. C'est vrai. Mais tu vas leur dire bientôt ? Sur toi ? Et sur moi… sur *nous* ? Il y a bien un « nous », pas vrai ?

— Totalement. À cent pour cent.

Après avoir jeté un coup d'œil au couloir, il s'approcha plus près, blottissant son visage contre ma joue et inspirant mon odeur.

— Je ne veux pas te quitter maintenant. Mais je t'enverrai des textos et…

Il se redressa, clignant des yeux.

— Merde ! Je n'ai même pas ton numéro.

Il sortit son téléphone, et le récita à toute allure.

— Attends, je vais t'appeler, et tu pourras m'ajouter.

Mon téléphone sonna, et mon cœur rata un battement alors que je le prenais de ma poche, et regardais la photo de Gavin sur l'écran. Il allait dire autre chose, mais il ferma brusquement la bouche.

— Qu'est-ce… que… c'est ?

Nous regardâmes tous les deux le Gavin de quatorze ans qui apparut sur le téléphone, tout mince, et souriant, l'auburn dans ses cheveux ressortant alors qu'il séchait. La lumière du soleil se déversait sur les arbres, formant une ombre sur un côté de l'étang.

L'écran s'éteignit alors que l'appel était redirigé vers la boîte vocale. Je me raclai la gorge.

— Je suppose que je n'ai jamais effacé ton numéro.

Ses narines s'évasèrent tandis que sa pomme d'Adam montait et descendait. Puis il m'attira contre lui, et m'étreignit, se penchant vers moi pour presser son visage dans mon cou. Il murmura quelque chose que je ne pus entendre.

Lorsqu'il se redressa, il m'embrassa doucement. Le tremblement qui me parcourut me réchauffa.

— J'ai besoin d'une photo, dit-il en passant une main dans mes cheveux.

— Je t'en enverrai une quand tu feras du ski. En fait, je t'en enverrai plein. Et tu pourras choisir.

— Mmm… Intrigant. Vas-tu porter un pantalon sur chacune d'elles ?

— Peu probable.

Gavin sourit, ses fossettes apparaissant et son visage s'illumina.

— De toute façon, je reviendrai pour le Nouvel An, et ils seront à la maison. Je leur dirai tout.

Je caressai sa taille.

— Tu dois être inquiet de leur réaction.

Il essaya de sourire.

— Juste un peu. Je vais le faire, cependant. J'ai gardé ça en moi-même pendant si longtemps. Je ne peux plus le faire. Peu importe ce qui arrivera, je serai honnête. Je dois être… vrai. Tu vois ce que je veux dire ? Je vais leur dire qui je suis.

Il regarda le couloir.

— Tes parents ont-ils bien réagi au début ?

— Ouais. Ma mère m'a dit qu'elle le savait déjà, et lorsque je leur ai avoué, Ava était à l'hôpital avec le diagnostic.

Je grimaçai.

— Je suppose que je n'ai pas choisi le bon moment, mais j'avais l'impression de leur mentir, et je détestais ça. Mais ils ont dit qu'ils étaient vraiment contents que je leur en aie parlé. Je pense que la maladie d'Ava a bien aidé.

— Je suis heureux qu'elle aille mieux. C'est une fille tellement adorable, Charlie. Tu as vraiment de la chance.

J'avais vraiment de la chance, et je ravalai difficilement la boule qui s'était formée dans ma gorge alors que je hochais la tête.

— Je devrais y aller. Je te verrai dans cinq jours. Quatre jours et vingt-trois heures, en fait. Non que je compte ou quoi que ce soit.

Nous pressâmes nos lèvres les unes sur les autres, et nous nous enlaçâmes Je voulais le plaquer contre la porte et l'embrasser pendant des jours.

— Quatre jours, vingt-deux heures, et cinquante-neuf minutes, murmurai-je.

Après un dernier baiser, il partit et je verrouillai la porte, me tournant pour m'appuyer contre elle alors que j'entendais la voiture des Allen sortir de notre allée.

— Tu l'aiiimes !

Je relevai les yeux pour voir Ava dans l'escalier sombre, où elle avait écouté apparemment. Je ne pouvais même pas me mettre en colère, cependant. J'essayai de cacher mon sourire.

— Pourquoi penses-tu ça ?

Le sourire d'Ava illumina tout son visage alors qu'elle descendait le reste des marches puis s'arrêtait.

— Tu l'aimes vraiment. Je peux le voir. Tu ne peux pas masquer cette expression de ton visage.

— Quelle expression ?

Mais je ris, parce que je savais que j'arborais un sourire idiot.

— *Celle-là* ! Comme si tu allais t'envoler sur un petit nuage d'amouuur !

Elle gloussa.

— Il a la même expression.

Cela fit battre mon cœur plus vite.

— Ah ouais ?

— Tout à fait. Comme s'il voulait t'embrasser partout, tout le temps.

Mon nuage d'amour s'assombrit un peu alors que les doutes éclataient comme la pluie. *Et s'il changeait d'avis ? Et si ses parents paniquent et qu'il retourne dans son placard ? Dans les bras de Candace ? Et s'il décide qu'il ne me veut plus après tout ? Il a bien réussi à le faire auparavant.*

— Que se passe-t-il ?

Je cillai, retournant mon attention vers Ava qui me regardait, les sourcils froncés.

— Rien. Je dois juste me défaire de mes doutes.

Je me tortillai dans tous les sens.

— Tu veux bien m'aider ?

Applaudissant avec une telle joie qu'elle me fit fondre le cœur, elle se dirigea vers moi. Nous remuâmes comme des chiens fous furieux sortant de l'eau, sautillant partout jusqu'à nous effondrer près de l'arbre de Noël dans de grands éclats de rire. Papa regardait le match, et maman releva les yeux de sa liseuse pour demander si j'avais préparé le lait de poule.

Le plus beau Noël de toute ma vie.

Gavin

30 Décembre

Du bout de l'allée, je pouvais voir mon père travailler dans l'atelier. Le jour gris déclinait rapidement, et la lumière brillait, provenant de la porte du garage, de forme rectangulaire. J'agitai la main en direction de Candace et de ses parents alors qu'ils s'éloignaient avec un coup de klaxon, puis disparaissant de ma vue. Les Yates vivaient à dix maisons de là, au bout de la rue, et je ne savais pas si les lampes étaient allumées.

La porte de l'atelier s'ouvrit. Mon père apparut, portant un jean et une veste d'hiver, s'essuyant les mains avec un chiffon et souriant largement, des rides se formant autour de ses yeux et de sa bouche. Cela me fit mal.

— Voilà mon garçon ! T'es-tu bien amusé ?

Il m'étreignit, et je m'accrochai à lui. Il avait l'odeur de la graisse, du café, et de *papa*.

— Hey, murmurai-je.

Il recula et regarda la rue.

— J'espérais revoir Candace et ses parents. T'es-tu bien amusé sur les pentes ?

— Ouais. Ils devaient partir, désolé.

Un mensonge. Ils voulaient les voir aussi, mais j'avais besoin d'avoir cette discussion avant que ce poids dans ma poitrine ne me brise les côtes.

J'essayai de sourire.

— Vous avez l'air de vous être bien amusés aussi, à la plage. Très beau bronzage.

— Pas mal, hein ?

Ses dents paraissaient plus blanches que d'habitude. Il était aussi grand que moi, et nous nous ressemblions beaucoup, bien que ses cheveux soient plus sombres. J'avais hérité ma couleur auburn de ma mère.

Le sourire de papa disparut.

— Tout va bien ? Entre… nous aurons plus chaud à l'intérieur.

Je le suivis dans l'atelier, trainant ma petite valise dans la neige qui était encore répartie sur le sol. Je pressai l'énorme bouton pour fermer derrière moi, et elle émit un petit bruit en le faisant. Je parcourus l'endroit familier du regard. C'était un double garage, et l'Audi de ma mère était garée sur le côté gauche de l'endroit où mon père travaillait. Il avait un chauffage près de l'établi. La déneigeuse se trouvait sur le sol avec sa coque externe enlevée et l'intérieur exposé.

Papa se gratta la tête.

— Cette maudite chose ne fait pas bien son travail. Tu veux que j'allume ?

C'était si tentant de prendre la lampe de poche et prétendre que tout allait bien. Ce serait si facile. Sourire, hocher la tête et rire au bon moment, comme je l'avais fait durant ces quatre dernières années.

— Gav ?

Papa se redressa de l'établi devant lequel il était accroupi.

— Que se passe-t-il ?

J'enlevai les gants de la Petite Amérique et jouai avec.

— Je ne te l'ai pas dit avant, mais j'ai fini par retrouver un camarade de lycée et on a fait le voyage ensemble. C'était une coïncidence… nous essayions tous les deux de louer une voiture.

Il eut un sourire hésitant.

— Ah oui ?

Je ne détournai pas les yeux.

— Charlie Yates.

Le tressaillement de mon père fut comme une gifle en plein visage. Il essaya de sourire, à nouveau.

— Oh, celui du bout de la rue ?

— Tu sais exactement qui il est, papa. C'est le garçon que j'ai embrassé quand j'avais quatorze ans. Le garçon auquel je n'ai pas parlé après que je t'aie dit ce qui s'était passé. Le garçon que j'aime depuis toutes ces années, même quand j'essayais de le haïr.

Son visage se plissa.

— Gavin… je ne sais pas ce que tu veux que je te dise.

— Je veux que tu me dises que tout va bien ! Je veux que tu me dises que tu m'aimes malgré tout, et que je suis la même personne, et que ça ne changera jamais.

J'inspirai profondément.

— C'est ce que j'avais besoin que tu me dises, il y a quatre ans. J'avais si peur, papa. Et j'avais besoin que tu me dises que tout allait bien. Je l'ai caché pendant quatre ans et je me suis menti à moi-même, ainsi qu'à tout le monde. J'ai menti à Candace. J'ai de la chance qu'elle ait accepté de rester mon amie. Et tout ça, parce que j'avais peur que tu ne m'aimes plus.

Les larmes humidifièrent ses yeux.

— Bien sûr que je t'aime. Comment peux-tu penser le contraire ? Si tu… je…

— Si quoi, papa ? Qu'étais-je supposé faire ? Tu m'as dit que j'étais confus. Tu en étais tellement certain. Je pensais que tu devais avoir raison. Je *voulais* que tu aies raison, parce que, si j'étais vraiment gay, c'était quelque chose dont je devais avoir honte.

— Non, dit-il fermement. Je n'ai jamais dit ça.

— Tu m'as dit de ne pas le dire à maman !

Mon cri emplit le garage, et nous nous regardâmes en silence. La douleur sortait de chaque pore de ma peau, faisant battre mon cœur plus vite.

— Si ce n'était pas quelque chose dont je devais avoir honte, pourquoi m'as-tu dit ça ? Qu'étais-je censé penser ? Je suis venu vers toi parce que je te faisais confiance. Parce que j'avais besoin de ton aide.

Un souffle d'air chaud me parcourut et je pivotai pour trouver ma mère devant la porte qui menait vers la maison. Elle portait ses pantoufles, une tenue décontractée, et sa veste en cashmere vert, ce qui voulait dire qu'elle préparait un dîner dont elle était fière. Se tenant en haut des trois marches, nous étions à la même hauteur pour une fois.

— Il t'a dit de ne pas dire quoi à maman ?

— Andrea, ce n'est rien. Va à l'intérieur, et nous te rejoindrons bientôt.

Papa sourit et essuya sa main avec un chiffon.

— J'allais finir de toute façon.

— Je suis gay, maman.

Les mots planèrent dans l'air, le chauffage bourdonnant et la télévision murmurant au loin.

Maman nous regarda, à tour de rôle.

— Quoi ?

— Tu m'as entendu. Je suis gay.

Elle émit un petit reniflement de dérision et secoua la tête.

— Quoi ? Gavin, c'est ridicule. Est-ce une blague ?

— Andrea, laisse-moi parler à Gavin, et…

— Non, papa. Vous devez entendre ça tous les deux. Je l'ai caché pendant tellement longtemps. Je suis gay. Je l'ai toujours été. Je le serai toujours. C'est comme ça que je suis né.

— Mais comment est-ce possible ? demanda ma mère en me regardant, incrédule. Non, chéri. Toi et Candace. Tu l'aimes.

— Je l'aime. Mais pas comme tu le penses.

— Je ne comprends pas. Candace et toi étiez si heureux. S'est-il passé quelque chose à l'université ? Je sais que San Francisco est très libéral et que ça peut rendre confus…

— J'ai toujours été gay. Ce n'est pas nouveau.

Elle s'entoura de ses bras et recula, regardant mon père.

— Je ne comprends pas.

Papa soupira.

— Gavin, es-tu certain que tu n'es pas …

Il agita la main pour finir.

— Non, papa. Je ne suis pas confus. Je ne l'étais pas à l'époque, et je ne le suis pas maintenant. Ce n'est pas une phase. C'est pour toujours. C'est comme ça que je suis né.

— Alors, tu dis que…

Maman cligna rapidement des yeux.

— Mais je n'ai jamais pensé… je suis ta mère. J'aurais dû le savoir.

Elle pressa une main sur sa bouche.

— J'aurais dû le savoir !

Je voulais approuver, mais je ne voulais pas la blesser plus que ça.

— Ce n'est pas de ta faute. Je ne te l'ai jamais dit.

Des larmes coulaient sur ses joues.

— Mais Gavin…

— Je sais que ce n'est pas ce que tu veux entendre, maman.

Elle serra ses mains.

— Il y a tellement de choses que tu vas manquer.

— Peut-être que certaines choses seront différentes, mais…

— *Certaines* choses ?

Elle secoua la tête.

— Qu'en est-il des enfants ? *Mes* petits enfants ?

— Hein ? Quoi ?

Je voulais presque rire, c'était tellement surréel.

— Je n'ai que dix-huit ans. Je n'aurai pas d'enfants avant longtemps.

Elle serra les lèvres.

— Mais si tu es gay, alors…

Je pris une profonde inspiration, essayant de garder mon calme.

— Les homosexuels peuvent avoir des enfants, maman.

— Oh, Gavin. Non. C'est mal ! Les enfants ont besoin d'une mère et d'un père.

— Les enfants ont besoin qu'on les aime comme ils sont !

Mon cri se répercuta sur les murs en béton.

— Chéri, si tu fais ce choix, pense à tous les obstacles auxquels tu vas devoir faire face ! Jake, parle-lui.

Elle se tourna vers mon père.

— Tu ne veux pas ça pour lui, pas plus que moi.

Papa secoua la tête.

— Ce n'est pas un choix. N'est-ce pas, Gavin ?

Mes yeux s'embuèrent, mais je réussis à parler sans pleurer.

— Ça ne l'est vraiment pas. J'ai essayé de choisir. Quand papa m'a dit que j'étais confus, j'ai voulu le croire. Je ne voulais pas vous décevoir.

— Oh, Gavin. Je suis désolé, dit papa en passant une main sur son visage. Seigneur, je suis tellement désolé !

Maman lui lança des regards noirs.

— Quand cette conversation a-t-elle eu lieu ?

— L'été où nous avons emménagé ici, répondis-je. Juste avant que je commence l'école. J'étais ami avec Charlie Yates. Je ne connaissais personne, et nous avons passé des heures ensemble, chaque jour. Tu te rappelles ?

— Je me rappelle. C'était un garçon adorable. J'ai supposé que vous vous étiez détaché progressivement. Je n'y ai jamais vraiment pensé.

— Le jour de la Fête du Travail, nous nous… sommes embrassés. Et nous avons flirté.

Je m'attendais à ce qu'elle tressaille, ou grimace, ou qu'elle vomisse peut-être, mais pourtant, elle me regarda normalement.

— Puis nous sommes allés à une fête, et j'ai rencontré Candace. Elle m'a aimé, mais je ne l'aimais pas de la même manière que Charlie. J'ai tout dit à papa, et il a dit que j'étais confus. Il a dit que je n'étais pas gay.

Je reniflai bruyamment, essuyant les larmes qui coulaient sur mon visage.

— Mais je savais que je l'étais. Je le savais. J'avais eu des béguins pour des garçons, même quand je ne me le suis jamais avoué. Mais j'avais peur, alors j'ai essayé tellement fort. Je suis sorti avec Candace, et je n'ai plus jamais parlé à Charlie. C'était horrible, ce que j'ai fait. Ils méritaient mieux, tous les deux. Je les ai tellement blessés.

— Ce n'était pas de ta faute, dit papa.

— Bien sûr que si ! Même si c'était de ta faute aussi, à la fin, c'était mon choix. J'ai pensé que, si j'étais assez fort, je pourrais le faire. Je pourrais être qui tu voulais que je sois.

Maman posa une main sur sa poitrine.

— Oh, chéri…

— Je n'en peux plus, cependant.

Mon regard passa de l'un à l'autre.

— Je suis gay, et je ne veux plus faire semblant. Charlie m'a détesté pour la manière dont je lui avais tourné le dos, mais il m'a pardonné. Nous avons voyagé ensemble, et nous sommes redevenus amis. Plus que des amis.

— Toi et Charlie ? dit-elle en cillant, et je pus pratiquement voir son esprit tourner alors qu'elle essayait de comprendre.

— Nous avons couché ensemble, lâchai-je. Je suis gay. Comme… officiellement gay.

Mon visage était certainement rouge, mais je devais jouer cartes sur table.

La sonnerie du téléphone de mon père sur l'établi nous fit tous sursauter. Papa le prit et enleva le volume. Un rire d'une série passant dans la télévision nous parvint et emplit le silence.

Maman me regardait avec tellement de douleur que je voulais me détourner.

— Je ne sais pas quoi dire, Gavin. Tu es mon fils, et je t'aime plus que tout au monde. Mais ce n'est pas ce que je veux pour toi. Ce n'est pas… je ne sais pas quoi faire. J'avais des rêves pour toi. Des rêves de ce que serait ta vie. Ça… ça va tout gâcher pour toi, chéri.

De nouvelles larmes roulèrent sur ses joues.

— La vie va être si difficile. Tu ne peux pas vouloir ça. Pas vraiment.

— Je pense…

Papa s'interrompit, la voix rauque, et il se racla la gorge.

— Je pense que nous avons besoin de temps pour nous y habituer.

— Tu as eu quatre ans, papa, dis-je calmement.

Il baissa la tête, et ma mère continua de pleurer. Je ne pouvais plus rester ici. Je reculai et posai mon doigt sur le bouton de la porte du garage. Elle se releva avec un son mécanique.

— Je vais chez Charlie. Je vous parlerai plus tard.

Mes bottes écrasaient le sel sur le sol tandis que je courais au bout de la rue. Les lumières de Noël illuminaient les maisons alors que je les dépassais, dans un flou de couleurs, essayant d'arrêter de pleurer. Arrivé dans l'allée des Yates, je me tins derrière leur SUV, et inspirai profondément pendant quelques minutes. J'étais un gâchis larmoyant, et j'avais besoin de me ressaisir avant de…

— Gavin ?

La voix de Charlie retentit dans la nuit.

— C'est toi ?

Il avait ses bottes, et portait seulement un pull et un jean alors qu'il se dirigeait vers moi, plissant les yeux. J'essuyai mon visage et tentai un sourire, et échouai lamentablement, vu la manière dont les yeux de Charlie s'écarquillèrent alors qu'il se précipitait vers moi pour m'entourer de ses bras.

— Que s'est-il passé ? Gav ?

Je ne pus que rester là, sanglotant et il frotta mon dos.

— Shhh… Ça va aller. Je suis là.

Et il l'était. Mon Dieu, Charlie était là, et la sensation de chaleur qui m'envahit fit disparaître toutes les ombres.

— Merci.

Il me calma, et même si j'étais plus grand que lui, je me sentais en sécurité dans ses bras. Il faisait un froid glacial, mais il m'étreignit dans son allée pendant ce qui me sembla être des heures avant que je ne sois capable de me contrôler, et que je puisse former des phrases complètes. Je lui racontai ce qui s'était passé, et il prit mes mains.

— Ils reviendront, insista-t-il. Je sais qu'ils le feront.

— Tu n'en es pas certain. Je veux le penser aussi, mais…

— Je le sais, parce qu'ils t'aiment trop pour ne pas le faire. Ils vont comprendre, et essayer de s'adapter, et à la fin, tout ira bien. Ce ne sont pas de mauvaises personnes. Je ne dis pas que je ne veux pas aller vers eux, et leur hurler dessus, parce que je le veux. Vraiment beaucoup. Pour une heure, au moins. Mais ils ne sont pas mauvais. Ils t'aiment. Tout ira bien. Ils ne pourront pas supporter l'idée de te perdre. Fais-moi confiance.

Je reniflai plusieurs fois, déglutissant.

— Je ne te mérite pas.

Il leva les yeux au ciel.

— Arrête de jouer au martyre, tu crains.

Le rire qui sortit de ma bouche fut si inattendu et *génial*.

— Je suppose que c'est une manière de voir les choses.

— Ce n'est pas comme si je n'avais pas fait d'erreurs dans ma vie. Tu n'es pas parfait. Je suis certain que je ne le suis pas non plus. Personne ne l'est.

— Bon sang, je t'aime !

Les mots vinrent si naturellement que je n'avais même pas réalisé que je les avais dits jusqu'à ce que je vois ses yeux s'écarquiller.

— Je veux dire…

Je carrai mes épaules, et pris une profonde inspiration.

— En fait, c'est exactement ce que je veux dire. Je t'aime, Charlie. Pendant toutes ces années, je t'ai observé de loin, et je t'ai aimé. Et j'ai été lâche. Tu souffrais, tu étais effrayé, tu vivais un cauchemar, et je n'ai même pas eu le courage d'être ton ami. Je sais que ça doit faire… quoi, seulement deux semaines depuis que nous nous sommes *reparlés*, et je ne m'attends pas à…

Il pressa son doigt froid contre mes lèvres.

— Je t'aime aussi. Même si je me disais que je te détestais, je t'ai toujours aimé. Ça a toujours été toi, Gavin.

Avec des mains tremblantes, il tint mon visage et déposa des baisers sur mon front, mon menton, mes deux joues, et le bout de mon nez, ses lèvres légères contre ma peau.

— Tu le seras toujours.

J'allais pleurer à nouveau, alors je l'embrassai à la place, et laissai le passé derrière nous, saisissant mon bonheur à deux mains.

Charlie

Il n'était pas encore minuit quand j'ouvris la porte de la chambre d'ami, grattant doucement le bois de mes ongles. Comme je m'y attendais, Gavin était bien éveillé. Je m'avançai vers le lit sur la pointe des pieds et déposai un baiser sur ses lèvres.

— Charlie, je ne suis pas vraiment… ça ne te dérange pas si nous ne…

Il agita la main entre nous. Je caressai ses cheveux épais.

— Je ne suis pas venu pour un câlin. Je voulais juste vérifier comment tu allais.

— Oh !

Avec un doux sourire, il souleva la couverture. Je me glissai et me blottis contre lui, nos jambes s'entremêlant. Étendus sur le côté et nous faisant face, je pouvais voir son expression à la lueur de l'horloge numérique. Tendant la main, je retraçai ses sourcils de mon doigt.

— Je sais que c'est dur, murmurai-je. Ils vont changer d'avis.

— Ce n'était pas dur pour toi.

— Pas vraiment. Ils ont dit tout ce qui était juste. Ils m'ont soutenu et se sont assurés que je le sache. Mais je sens tout de même que les choses ont changé, cependant. Comme s'ils me regardaient d'un œil neuf.

— Comment ça ?

Je glissai mes mains sous son tee-shirt afin que je puisse jouer avec les poils de sa poitrine. Je l'avais pensé quand je lui avais dit que ce n'était pas pour baiser que j'étais là, mais je voulais le toucher tout le temps maintenant, autant que je le pouvais.

— Par exemple, quand nous avons regardé un match de baseball après avoir passé toute la journée à l'hôpital, et quand je disais quelque chose à propos d'un joueur. Tu sais, du genre « Ramirez a un sacré bon bras » ou quelque chose comme ça. Et ils me dévisageaient, puis, ils regardaient la télévision comme s'ils se demandaient si je voulais coucher avec le gars. C'était très gênant au début.

— Mais plus maintenant.

— Non. Ava étant malade, ils n'avaient pas vraiment le temps de penser à moi.

Ses sourcils se froncèrent, et Gavin frotta sa main sur ma hanche.

— Je suis désolé.

— Non, ne le sois pas. Je n'aurais pas dû… ça a l'air dur dit comme ça, mais non. Bien sûr, ils pensaient également à moi. Ils m'aimaient aussi. Ils se sont toujours assurés pour que je le sache. Mais d'un autre côté, ça a réglé le problème. Si je voulais baiser un joueur de baseball, ils agissaient dans le genre « ouais, génial, peu importe ».

— Je vois ce que tu veux dire.

Il posa sa main sur ma hanche, la glissant sous mon pantalon de pyjama, traçant des cercles avec son pouce.

— J'ai rencontré Tim, et ils étaient complètement d'accord. J'ai été très chanceux de ce côté-là.

Les lèvres de Gavin firent la moue, sa main se figeant.

— Ouais… *Tim.*

Et cela me frappa, j'essayai de ravaler mon éclat de rire.

— Mec, es-tu jaloux ?

Il paraissait sur le point de nier, mais ensuite, il haussa les épaules.

— Totalement. Je l'ai vu venir te chercher à l'école, une fois, et je voulais vomir.

— Maintenant, tu sais ce que j'ai ressenti chaque putain de fois que je te voyais avec Candace.

Soudain, il y eut une certaine tension dans l'air, tous les deux nous touchant, mais ne bougeant pas.

— Cela a dû être dur, murmura-t-il.

— Ouais. Mais c'est fini, maintenant.

Je parcourus sa poitrine de mes mains, frottant ses tétons avec mes pouces.

Gavin frotta nos nez l'un contre l'autre.

— J'aime te toucher, dit-il.

Il plongea ses mains sur ma fesse, ses doigts taquinant mon entrée.

— J'aime que tu me touches aussi.

J'embrassai son sourire, explorant sa bouche, mes mains descendant sur son ventre pour taquiner les poils menant à sa queue.

— Je pensais que tu n'étais pas venu pour baiser, murmura-t-il contre mes lèvres.

Avec – si je pouvais dire ça – un montant impressionnant de courage, je reculai. Ses mains se figèrent sur mon cul.

— Oui. Nous pouvons juste parler.

Je caressai ses joues.

— Je sais que tu souffres.

— Je n'ai rien d'autre à dire. Soit ils m'acceptent, soit non. Là, maintenant, je veux juste… je préférerais que tu m'embrasses pour que j'aille mieux.

Alors, je le fis.

Nous échangeâmes des baisers, encore et encore, doux, profonds et humides, et bientôt, nos vêtements furent jetés sur le sol. J'aurais pu l'embrasser seulement toute la nuit et me frotter contre son ventre. Il roula au-dessus de moi, dur et lourd, et j'écartai les jambes pour lui.

— Tu m'as tellement manqué, ces derniers jours, murmura-t-il. Ces *années*.

Mon cœur se serra, et je pris son visage dans mes mains, ralentissant les choses avec un doux baiser. J'entremêlai mes jambes aux siennes, me frottant contre lui en un rythme lent.

— Des années, en convins-je. Maintenant, nous devons rattraper le temps perdu. Et nous savons ce que nous faisons, ce qui rend notre relation plus amusante.

Le souffle de son rire embarrassé réchauffa mon visage.

— *Tu* sais ce que tu fais.

— Tu es un élève extrêmement doué, crois-moi.

— J'en ai rêvé pendant tellement de nuits. Je ne peux pas croire que nous sommes vraiment ensemble.

Il embrassa ma joue, faisant papillonner mon estomac alors que nous ondulions nos hanches l'une contre l'autre, devenant de plus en plus durs.

— Dis-moi encore de quoi tu as rêvé.

Il cligna des yeux.

— Je ne sais pas. De trucs. Je t'en ai parlé. Tu sais, avec la chose.

— Mmm…

Glissant ma main sur son dos, je titillai son entrée avec mon doigt.

— Quelle était cette chose déjà ?

— *Charlie*.

J'aurais pu jurer avoir *senti* la chaleur de son rougissement.

— Tu veux dire quand tu te baisais sur le godemiché et que tu imaginais que c'était ma queue ?

— Oui, souffla-t-il, faisant glisser délicieusement nos queues l'une contre l'autre.

Ravalant un halètement, je demandai :

— Sur quoi d'autre as-tu fantasmé ?

— C'est tout. Juste des trucs.

Il m'embrassa violemment, m'empêchant de répondre.

Je le laissai m'embrasser pendant une minute, nos langues se caressant et ma queue fuyant. Puis, je reculai.

— Qu'est-ce que c'est ? Il y a quelque chose que tu ne veux pas me dire.

Il baissa la tête pour sucer la peau de ma clavicule. Enfouissant mes doigts dans ses cheveux, je le caressai.

— Tu peux tout me dire. Tu le sais, ça, n'est-ce pas ? Penses-tu que c'est trop bizarre ou quelque chose comme ça ?

Relevant la tête d'un centimètre ou deux, Gavin soupira contre ma peau.

— C'est juste que… ça sort de l'ordinaire.

Sa voix était étouffée contre mon cou.

— Je l'ai vu dans une vidéo porno, mais je ne sais pas si, tu sais… si les gens normaux qui ne sont pas des stars du porno le font.

— Eh bien, maintenant, tu *dois* me le dire, ou je vais imaginer toutes sortes de choses bizarres !

Son rire fut comme un souffle humide. Il garda la tête baissée.

— Faire un anulingus, d'accord ?

Mon cœur bondit.

Après un moment, il demanda.

— C'est trop bizarre ?

Je réussis en quelque sorte à demander.

— Si par « bizarre », tu veux dire super chaud, alors oui, certainement.

Ma queue pulsa, et je donnai un coup de hanches contre lui.

La tête de Gavin se releva.

— Vraiment ? As-tu… ?

— Euh… non. Disons que l'occasion ne s'est jamais présentée.

— Mais tu le voudrais ?

Son expression était si avide qu'il avait l'air d'un chiot. Un chiot frottant sa queue dure contre mon corps.

— Tu as pris une douche avant de te mettre au lit, pas vrai ?

Alors qu'il hochait la tête, je l'incitai déjà à se pousser et à se mettre sur le ventre. Il écarta les jambes si impatiemment que mes boules se crispèrent. Je m'agenouillai derrière lui.

— Tu le veux ? Tu veux que je mange ton cul ?

Peut-être que je parlais comme une star du porno, mais avec Gavin, j'aimais dire les choses à haute voix.

Il gémit, hochant rapidement la tête. Nous devions être silencieux, et j'avais hâte de l'avoir à nouveau seul, sans ma famille dans les parages. Je repoussai ces pensées et écartai ses fesses.

— Tu dois rester silencieux, d'accord ?

Il hocha à nouveau la tête, et je contemplai son entrée. Je ne pouvais voir grand-chose dans l'obscurité, alors pourquoi se priver ? Me penchant vers lui, je l'ouvris et enfouis mon visage entre ses fesses, léchant son ouverture. Gavin sursauta, étouffant son cri dans l'oreiller. Pour l'instant, tout allait bien. Je léchai à nouveau, enfonçant ma langue dans son entrée.

Alors que Gavin tremblait et relevait son cul encore plus, je me figeai et essayai de le lécher à l'intérieur de lui. Je ne savais pas à quel goût je m'attendais, mais à part la saveur salée de notre sueur quand nous nous frottions l'un contre l'autre, un peu plus tôt, ce n'était pas différent du reste de son corps.

Je ne savais pas vraiment ce que je faisais, mais il semblait apprécier. En fait, il paraissait adorer ça, ses gémissements étouffés me rendant si excité que je dus m'étirer et me frotter sur le lit tandis que je me nourrissais de lui.

Tout le corps de Gavin trembla, et avec une main, je caressai ses boules pendant que je crachai sur son trou et essayai de le lécher plus profondément. Peut-être que c'était bizarre, et peut-être que les « gens normaux » – Dieu seul savait qui ils étaient – ne le faisaient pas, mais j'aimais la sensation de mon visage entre ses globes. Je pensais à ce que je ressentirais s'il me faisait la même chose, et je gémis contre sa peau. Tremblant violemment, il jouit, grognant contre les draps. Je pris ma queue et avec quelques caresses seulement, je le rejoignis, le plaisir m'envahissant. Je haletai contre son cul.

Posant ma joue sur celle de son derrière – ce qui me fit rire –, j'inspirai profondément. Je caressai l'arrière de sa cuisse paresseusement, mes yeux se fermant. Ce serait le paradis si je sombrais, là, de tout de suite, utilisant le cul de Gavin comme un oreiller.

— Je dois retourner à ma chambre, murmurai-je.

Pourtant, je ne bougeai pas, faisant aller et venir ma main le long de sa jambe.

— Mmm…

Après une autre minute, je me redressai, traçant un chemin humide de baisers sur sa colonne vertébrale.

— As-tu aimé ?

— C'est une question piège ?

Après un moment, il demanda.

— Et toi ?

Souriant, je blottis mon visage contre sa nuque, me retenant sur mes mains.

— J'ai adoré.

— Je suis content que nous ayons… pu faire quelque chose de nouveau, pour toi.

Tournant son visage sur le côté, je m'étirai afin que nous puissions nous embrasser à nouveau. Je n'en aurais jamais assez.

— Tout est nouveau, marmonnai-je.

Gavin fronça les sourcils, arquant son dos, puis roula sur sa hanche pour me faire face.

— Mais tu as fait des choses avant.

Je caressai ses cheveux décoiffés de ma paume.

— Ce n'était rien, comparé à ça. C'est différent avec toi.

Me penchant, je déposai un baiser sur ses lèvres.

— C'est différent quand tu es amoureux, terminai-je.

Il m'enlaça, me tenant si serré pendant un moment que j'eus du mal à respirer.

Respirer était surfait, de toute façon.

Dix

Charlie

31 Décembre

— Veux-tu faire cette bataille de boules de neige ?

Les yeux de Gavin étaient gonflés, mais il sourit courageusement à Ava qui était près de moi, dans le salon.

— Toujours.

Elle applaudit et me sourit.

— Il a eu la bonne réponse !

— Bien sûr. Il étudie à Stanford, après tout. Maintenant, va aux toilettes avant de mettre tes habits.

Ava s'enfuit, et j'adressai à Gavin un clin d'œil.

— C'est notre petite blague. Quand quelqu'un te demande si tu veux faire quelque chose d'amusant, la réponse est « toujours », peu importe ce que c'est. Mais es-tu certain d'être partant ?

Il avait été très ferme sur le fait qu'il ne voulait pas en parler, et nous avions passé la journée à regarder des films, et à jouer à des jeux vidéo, et plus généralement, à être des téléphages. Gavin avait vérifié son téléphone des millions de fois, et je résistai à peine à l'envie de remonter la rue pour ordonner à ses parents de sortir leurs têtes de leurs culs.

— Absolument ! Je vais bien, Charlie. Je suis partant.

Il engouffra une autre boulette des fameuses boulettes de viande que faisait ma mère.

— Mmm-hmm. C'est ce que tu crois. Nous pouvons y aller, tu sais. Leur parler un peu plus. Mes parents peuvent aider. Ils ont dit qu'ils le feraient.

— Non, c'est le Nouvel An. Tes parents n'ont probablement pas eu de rendez-vous galant depuis une éternité. Ce ne serait pas juste.

Il joua avec un cure-dent entre ses doigts, me regardant attentivement.

— Ils me parleront tôt ou tard. Allez, nous avons promis à Ava.

Maman et papa descendirent de l'étage alors que nous nous préparions.

Je sifflai.

— Vous avez l'air plutôt chic !

Maman me donna une petite tape sur l'épaule et tourna sur elle-même, sa robe rouge tournoyant autour de ses genoux.

— Plutôt pas mal pour une veille, non ?

— Vous êtes magnifique, Madame Yates, dit Gavin.

Papa enfila son manteau par-dessus son costume chic, et tendit le sien à maman.

— Très bien, tu as nos numéros, Charlie ?

Je levai les yeux au ciel.

— La Garde Nationale en état d'alerte ! Allez, amusez-vous bien !

Je posai une main sur le cou d'une Ava gloussante.

— J'essayerai de la garder en une seule pièce, continuai-je.

Ma mère m'ignora et s'adressa à Gavin.

— Garde un œil sur eux.

Puis elle tendit le bras à Ava.

— Je te verrai plus tard, d'accord ?

Elle étreignit Ava et l'embrassa sur la tête.

— Si tu as besoin de…

— *Mamaaaaaaan* ! Je vais bien.

Ava relâcha notre mère et finit de fermer sa combinaison.

— Charlie prend toujours soin de moi. Et Gavin est là pour prendre soin de lui.

Maman et papa échangèrent un regard, leurs yeux s'accrochant. Je savais que c'était la première fois qu'ils laissaient Ava depuis des années… comme, des *années*, surtout pour maman. Je les regardai sérieusement.

— Allez dîner. J'appellerai s'il se passe quoi que ce soit.

Ils hochèrent la tête, et maman embrassa ma joue puis essuya la trace de rouge à lèvres. Nous nous tînmes sur le seuil et agitâmes les mains alors qu'ils s'éloignaient, puis Ava frappa ses mains gantées de laine.

— Allons-y !

Il avait neigé toute la journée, et nous nous dirigeâmes vers le parc qui se trouvait à deux rues de là, Ava courut devant, s'amusant à faire des traces fraîches dans les larges couches blanches. Puis elle revint en courant et leva ses bras vers moi.

— Sur le dos !

Je fis mine d'y réfléchir.

— Seigneur, je ne sais pas. Tu es bien trop grande maintenant, mon petit ourson.

Elle grogna et me tira vers elle pour qu'elle puisse grimper sur mon dos. Mon jean devint humide au niveau des genoux, mais je m'en fichais. Elle était vraiment beaucoup plus lourde à présent, et c'était tellement bon quand je dus m'arrêter et réajuster ma prise pour la hisser plus haut.

Je regardai Gavin, qui marchait à côté de nous avec un large sourire tandis que nous entrions dans le parc. Des flocons duveteux tombaient dans la douce brise, s'accrochant aux cheveux épais de Gavin. Les lumières de Noël brillaient tout autour de nous, les arbres du parc décorés en entier par le comité de quartier.

Les arbres et les buissons près du terrain de jeux offraient d'excellents endroits pour se cacher, et nous découvrîmes que quelques garçons avaient eu la même idée. Ava les connaissait apparemment, puisqu'ils allaient à la même école, et ils discutèrent de leurs cadeaux de Noël. Je restai en arrière, et regardai la scène en souriant. Quand Gavin m'adressa un regard perplexe, je me penchai vers lui et murmurai :

— C'est juste que voir Ava faire des choses si banales est simplement génial. C'était vraiment dur pour elle d'être à l'hôpital, et de manquer l'école.

— D'accord, il n'y a que vous deux, annonça Ava, se dirigeant vers moi et Gavin, deux garçons la suivant.

— Trois contre deux ? Gavin, je crois que nous avons été piégés.

Ava se contenta de rire.

— Vous êtes tous les deux grands, alors, c'est tout à fait juste. Nous allons par là, et vous prenez ce côté.

— Donc, quelles sont les rè…

Une boule de neige me frappa au visage, et je toussotai alors que Gavin tirait sur mon bras. Nous nous cachâmes derrière des arbustes.

Il se mit à rire.

— Apparemment, il n'y a aucune règle.

— Ils vont le regretter ! dis-je d'un air dramatique.

Nous créâmes des boules de neige, les lançant stratégiquement. Je me redressai pour balancer une autre, et je fus à nouveau touché au nez. J'essuyai la neige et serrai la mâchoire.

— Je vais frapper ce petit con avec une boule de glace s'il ne fait pas attention !

— Charlie ! s'exclama Gavin en m'adressant un sourire exaspéré. C'est un enfant !

— Attends, alors je ne devrais pas tenter de lui causer un traumatisme crânien ? soupirai-je, lourdement. Je suppose que je vais résister alors, juste pour cette fois. Mais seulement parce que tu es là, Saint Gavin.

Riant, il secoua la tête.

— D'accord, c'est très bien. Mais je dois te dire que ton sarcasme peut être incroyablement convaincant.

— Seulement pour ceux qui sont aussi sérieux que toi, bébé.

Gavin roula une boule de neige et la lança au-dessus de sa tête, et il sourit largement lorsqu'il se rassit. Je ne pus dissimuler mon propre sourire.

— Tu aimes quand je t'appelle comme ça ?

Rougissant, il roula de la neige dans ses gants et hocha la tête.

— C'est agréable.

C'était foutrement agréable, n'est-ce pas ? J'essayai de penser à une remarque pleine d'esprit, mais tout ce que je pus faire fut de lui voler un baiser. Il se pencha vers moi, son souffle chaud et ses lèvres douces…

Je poussai un cri strident, pas très viril quand je sentis une humidité glacée dans mon cou alors que mon sournois de petit ami glissait de la neige jusqu'au bas de mon tee-shirt. Je me relevai brusquement et me tournai, cambrant mon dos pour enlever tout ce que je pouvais, tandis que Gavin hurlait de rire.

Ava et les garçons saisirent naturellement l'occasion pour me viser avec plus de boules de neige, et finalement, je restai seulement là, et me pris tous les missiles qu'on lançait sur moi, de toutes les directions. Les rires retentirent à travers les arbres alors que j'essuyai la neige de mon visage humide.

Je tendis un doigt accusateur en direction de Gavin qui était accroupi au sol.

— Ce sont toujours les plus calmes les pires ! Et ne pense pas que tu vas y échapper, petite sœur ! J'aurai ma revanche !

Je secouai le poing.

Évidemment, ils finirent par tous se ligner contre moi, et je m'effondrai sur la neige, les laissant en profiter. Je réussis à faire chuter Gavin avec moi, et nos jeans et manteaux étaient complètement mouillés lorsque nous arrivâmes à la maison, en frissonnant. Bon sang, je voulais un long bain chaud avec mon petit ami, mais comme nous étions responsables, nous nous changeâmes juste avant de commander une pizza et de nous installer au salon avec Ava.

Rapidement, la tête d'Ava tomba sur mon épaule, et elle sursauta.

— Je suis réveillée !

Riant, je tapotai sa hanche, l'enlaçant avec mon bras. J'étais au milieu du canapé avec Gavin à ma gauche et Ava à ma droite, regardant l'émission de Times Square, remplissant nos ventres de pizza et des cochonneries étalées devant nous sur la table basse. Peut-être que j'aurais dû préférer être à une fête sauvage du Nouvel An, mais j'étais exactement là où je voulais être. Maman et papa avaient envoyé une photo du restaurant chic dans lequel ils se trouvaient, et ils arboraient de grands sourires.

— Mon petit ourson, peut-être qu'il est temps d'aller au lit.

Elle secoua la tête avec véhémence, ses nouvelles petites boucles s'envolant autour d'elle.

— Il n'est pas minuit. Je dois rester éveillée. Maman et papa ont dit que je pouvais le faire.

— Je sais, mais tu es épuisée. Il reste encore deux heures.

Elle se mordit l'ongle.

— Peut-être que je vais faire un petit somme. Seulement si tu promets de me réveiller avant minuit. S'il te plaît ? Je veux vraiment rester être debout.

— D'accord. Pourquoi est-ce si important ? Le Nouvel An sera toujours là.

Je fis courir ma paume sur sa tête.

— Parce que je ne pense pas que je le verrai, l'année prochaine. Alors, je veux être debout pour en profiter.

Elle avait répondu avec une telle désinvolture, comme si elle faisait face à la vie et la mort chaque jour… probablement parce que c'était le cas.

Ma gorge se serra, et Gavin cligna rapidement les yeux. J'embrassai le front d'Ava.

— Je vais faire en sorte pour que tu puisses le voir, mon petit ourson. Promis.

Elle s'endormit en quelques instants, et Gavin tint ma main alors que nous regardions Ryan Seacrest interviewer Taylor Swift, qui devait probablement geler dans une telle robe.

Gavin se racla la gorge.

— Je dois t'avouer quelque chose.

Mon cœur rata un battement.

— Euh, d'accord.

Je jetai un coup d'œil à Ava, blottie contre moi, mais elle dormait.

— J'aime Taylor Swift. J'aime sa nouvelle chanson, et j'aime tout l'album, en fait.

Sa déclaration fut accompagnée par la voix de Taylor, qui entamait ladite chanson à la télévision. Elle chantait en direct, et elle avait l'air géniale. Et bon sang, elle était accrocheuse et amusante, exactement comme le morceau de musique.

— Je l'aime aussi, marmonnai-je.

— Tu le dis juste comme ça ?

— Non, soupirai-je. Je sais que c'est difficile à croire, avec ma réputation de mec super cool et tout.

Gavin se mit à rire.

— C'est juste… à l'école, quand tu avais tes écouteurs tout le temps, avec ta mine renfrognée, j'imaginais que tu écoutais, je ne sais pas… du métal ou quelque chose comme ça.

— Oh, j'ai une grande playlist de métal. As-tu écouté les Bloody Fjords ? Ils sont bons. Suggestifs. Et bruyants. Écoute, je ne dis pas que j'aime tout le catalogue de Taylor Swift, mais tu devrais être vraiment mort et froid à l'intérieur – plus comme les Bloody Fjords – pour ne pas danser sur celle-ci. Une bonne chanson est une bonne chanson. Je ne suis pas snob sur ça.

— C'est bon à savoir.

Les fossettes de Gavin creusèrent ses joues.

— Une autre confession : si jamais nous devons traverser le pays, je veux m'arrêter et voir la plus grande ficelle du Minnesota, ou de cire, la plus grande banane ou peu importe.

— Parce que Petite Amérique n'était pas assez ringarde pour toi ? demandai-je en lui souriant en retour.

— Non, j'en veux plus.

— Dis-moi tout, je peux le supporter.

L'idée me frappa si fort que je bondis presque du canapé.

— Que dirais-tu de louer une voiture et de faire le voyage de retour ? Nous n'avons pas cours avant la deuxième semaine de Janvier. Si nous partons dans deux jours, nous aurons le temps !

— Es-tu sérieux ? D'accord, faisons-le. Du temps sans la roue crevée et les bagarres.

Je levai les yeux au ciel.

— Tu vas nous porter malheur, mec ! Arrête !

Je lui donnai un petit coup à la tête.

Quand on frappa faiblement à la porte, un moment plus tard, Gavin et moi, nous nous regardâmes, étonnés. Je me dégageai doucement d'Ava, qui remua à peine alors que je l'installais sur les oreillers. Je sortis du salon et dépassant la cuisine, je me précipitai vers le couloir, me demandant par hasard si le livreur de pizza était revenu. Non que je veuille d'un autre morceau.

J'aurais probablement dû m'attendre à trouver les Bloomberg se tenant là, dans leurs manteaux et écharpes, leurs visages plissés avec des cernes violets sous les yeux. Mais je les regardai, bouche bée pendant au moins quelques minutes, avant de me ressaisir pour les inviter enfin à l'intérieur.

Ils enlevèrent leurs bottes, et je pris leurs manteaux, embarrassé avant de les inviter à entrer dans la première pièce, que nous utilisions à peine. Elle avait cet air guindé des petits salons. Les meubles étaient classiques et intacts, et les Bloomberg s'assirent sur le canapé tandis que j'allais chercher des boissons et leur fils. Ils portaient des chemises boutonnées et des pantalons… pas très chics, mais pas décontractés non plus. Je me demandais s'ils avaient prévu quelque chose pour ce soir, et qu'ils avaient annulé.

Gavin releva les yeux avec un froncement de sourcils quand je revins au salon.

— C'est tes parents, murmurai-je.

Ses yeux s'écarquillèrent.

J'allais dans la cuisine, ne sachant pas si je devais leur servir de l'alcool, des sodas ou quelque chose d'autre. Peut-être du café ? Du thé ? Que buvaient les adultes à cette heure de la nuit quand ils étaient chez d'autres personnes ? Je décidai de réunir une sélection sur un petit plateau. Je décidai également de faire comme Ava et d'écouter aux portes, sans vergogne.

— Chéri, tu vas bien ?

La voix de Madame Bloomberg était rauque.

— Ouais, je veux dire, je suis bouleversé, bien sûr. Mais je vais bien. Et toi ?

— C'était une journée difficile, répondit-elle. Gavin…

Elle soupira lourdement.

— Chéri, ce n'est pas de cette manière que j'imaginais ta vie. Je ne peux pas dire que je suis heureuse à propos de ça. Mais nous ne pouvions pas te laisser passer une autre nuit en pensant que nous ne t'aimons pas tel que tu es.

Sa voix était emplie de larmes.

— Parce que nous t'aimons. Nous t'aimons tellement.

— Même si je suis gay ? demanda Gavin d'une voix tremblante. Car je le suis.

— Oui, répondit Monsieur Bloomberg. *Oui*. Nous n'avons pas dormi de la nuit. Nous avons discuté et réfléchi à tous les scénarios de ce à quoi ta vie ressemblera maintenant. Nous sommes toujours arrivés au même résultat. Que nous t'aimons, et nous te soutenons.

— C'est vrai ?

Je me redressai pour entendre la faible réponse de Monsieur Bloomberg.

— Mon garçon, je…

Il se racla la gorge, puis parla avec plus de confiance.

— J'aurais dû te le dire quatre ans plus tôt. Je suis tellement désolé. J'espère que tu le sais.

— Nous voulons le meilleur pour toi, et tu vas l'obtenir.

La voix de Madame Bloomberg se fissura.

— Tu es notre bébé.

Je jetai un coup d'œil discret à la pièce, et les trouvai tous dans le canapé, s'enlaçant et reniflant. J'étais ému, moi-même, alors je m'affairai avec les boissons. Après une minute, je pris le plateau.

— Euh… pourrais-je vous offrir quelque chose ?

Essuyant ses yeux, Madame Bloomberg regarda le plateau et se mit à rire.

— Ça fait une éternité que je n'ai pas bu de soda à l'orange, mais d'accord.

Je n'avais pas fait attention aux boissons que j'avais sorties du frigidaire.

— C'est pour le traitement de ma sœur.

Je posai le plateau, et vérifiai ce que j'avais mis d'autre.

— Il y a… euh… du soda, et du soda mousse. Mais je suis sûr que maman a du Coca Light. Ou de l'eau ?

Elle me sourit gentiment.

— Je vais vivre dangereusement et prendre le soda à l'orange. Du moment que ça ne dérange pas ta sœur.

— Non, bien sûr que non.

Je le versai dans un verre que j'avais rempli avec de la glace, et le lui tendis.

Après que j'eus donné à Monsieur Bloomberg son soda, nous nous assîmes, eux dans le canapé, et moi sur une chaise. J'essayai de penser à quelque chose à dire. Je sentis les parents de Gavin me regarder et réfléchir.

Il a couché avec notre bébé.

— Je suis allée sur internet, dit Madame Bloomberg.

— Je ne savais pas que tu en avais entendu parler, dit Gavin en souriant à sa propre blague.

— Ha, ha. Je surfais sur internet quand j'étais enceinte de toi, jeune homme. Bref, ton père et moi allons à une réunion à la librairie, la semaine prochaine. Ça s'appelle PALEG. Parents et Amis des Lesbiennes et Gays. Et je suppose qu'il y aura des transgenres aussi.

Elle se tourna vers son mari.

— Est-ce le bon terme ? Je pense que c'est ça. C'est ce qu'ils ont dit à *Orange is the New Black*, n'est-ce pas ?

— Je pense que tu as raison, maman. Et c'est vraiment cool à propos de PALEG. Tu as été très occupée.

— Eh bien, je ne suis pas de ceux qui restent les bras croisés. Si je suis la mère d'une personne gay, alors, je vais en apprendre le plus possible.

J'avais le sentiment qu'elle allait en apprendre plus que Gavin n'aurait voulu, mais c'était génial.

— Cool, dit Gavin. Mais… penses-tu toujours que ce soit mal que des personnes gays aient des enfants ? Et que penses-tu au sujet du mariage ? Qu'en pensez-vous ?

Les Bloomberg échangèrent un regard, et le père de Gavin répondit.

— Nous ne savons pas. Nous avons toujours pensé que… nous avons toujours été des partisans pour le mariage traditionnel. Une famille traditionnelle.

Oh ! D'accord, ce n'était finalement pas aussi génial que ça. Je dus me mordre la langue pour m'empêcher de leur crier qu'ils avaient tellement tort pour beaucoup de raisons. Gavin était blême, et je voulais faire le tour de la table basse et prendre sa main.

Monsieur Bloomberg continua.

— Mais quand nous pensons à quel point tu serais un père formidable… eh bien, c'est différent quand il s'agit de toi. Cela change tout. Cela nous fait voir le monde d'un œil neuf.

Il passa une main sur son visage.

— Ça fait beaucoup tout d'un coup. Il y a tellement de choses dont nous devons parler. Mais comme ta mère l'a dit, nous ne pouvions pas supporter le fait que tu te réveilles demain et que tu penses que nous ne te soutenons pas. Nous le faisons. Je ne dis pas que tout sera parfait. Mais nous ferons de notre mieux.

Gavin demeura silencieux pendant quelques instants, et je mourrais d'envie de savoir ce qu'il pensait.

— D'accord, nous ferons de notre mieux, dit-il finalement.

— Vas-tu revenir à la maison ? demanda Madame Bloomberg. Nous voulons te parler un peu plus.

Elle me regarda.

— Ce n'est pas que nous ne voulons pas te parler à toi aussi, Charlie. Il se fait juste tard.

— Vous devriez probablement y aller, dit Gavin. Je serai là après minuit. Nous pouvons parler dans la matinée. Peut-être faire des pancakes ?

Elle hocha la tête, essuyant de nouvelles larmes.

— J'ai des myrtilles. Seigneur, je n'ai pas fait de pancakes depuis une éternité.

Gavin m'adressa un petit sourire.

— J'en ai mangé l'autre jour. J'en ai retrouvé le goût.

Nous nous dirigeâmes tous dans le couloir, et je leur tendis leurs manteaux après qu'ils aient remis leurs bottes.

Monsieur Bloomberg me tendit la main.

— Merci pour ton hospitalité, Charlie. Je suppose que nous te verrons bientôt.

— Oui. Merci.

La mère de Gavin me serra la main également avant que son mari et elle n'étreignent leur fils.

Nous nous tînmes debout au seuil de la porte et les regardâmes marcher sous la fine neige qui tombait. Je refermai la porte, et la verrouillai.

— C'était intense.

— Ouais. Mais je suis trop content qu'ils soient venus.

J'ouvris les bras, et nous nous serrâmes l'un contre l'autre alors que le Nouvel An approchait.

— Cinq, quatre, trois, deux… un !

Ava, Gavin et moi soufflâmes sur le sifflet de fête qu'on avait acheté au magasin à un dollar, et fîmes apparaître le papier qui se déroula avec un *hot*, sortant et bondissant sur l'épais tapis du salon.

— Bonne année ! cria Ava, faisant une pirouette devant l'arbre de Noël, en riant.

Faut-il nous quitter sans espoir, sans espoir de retour ?

Gavin et moi, nous regardâmes, et lorsque nous nous embrassâmes, c'était si parfait que je pouvais à peine me tenir debout. Je me blottis contre lui.

— Je suis très heureux pour le brouillard apocalyptique, et la neige apocalyptique, et tous les trucs apocalyptiques.

— Moi aussi.

Avec un sourire, Gavin me souleva et me fit tourner.

— Aux nouvelles choses !

— Moi, moi !

Ava leva les bras, et Gavin la fit tourner dans l'air tandis que je riais, mes pieds à des milliers de kilomètres du sol.

Épilogue

Gavin

2 Janvier

— Alors…

— Alors…, renchérit Charlie.

Je mis la clé dans le contact de notre nouvelle voiture de location… une Toyota bleue, cette fois-ci.

— Prêt ? demandai-je.

— Je ne sais pas.

Charlie prit une profonde inspiration, et souffla, gonflant ses joues.

Mon cœur se serra.

— Qu'est-ce que tu ne sais pas ?

Il agita la main entre nous.

— Sur ce qui se passera entre nous lorsque nous serons à San Francisco.

— Tu ne penses pas que notre couple va durer ?

— Tu es à Palo Alto. Je suis en ville. C'est à une heure de trajet. Tu sais ce qu'ils disent sur les relations longue distance.

Il secoua la tête avec une solennité moqueuse.

Le soulagement déferla en moi, et même si j'étais très tenté de le frapper au bras, je revêtis mon expression la plus sérieuse.

— Tu as raison. Ça va être difficile. Je suppose que nous n'aurions pas dû perdre toutes ces années, quand nous vivions dans la même rue.

Charlie se pencha et m'embrassa.

— Nous n'aurions pas dû, murmura-t-il.

— Nous devons juste rattraper le temps perdu.

Je glissai ma main sous son tee-shirt et caressai son dos, ses muscles se tendant sous les doigts.

— Tu veux commencer maintenant ?

Il m'embrassa encore, sa langue s'enfonçant sans ma bouche et me faisant gémir alors qu'il me pressait contre la portière.

Je pris ça pour un énorme oui.

Lorsque je tournai la clé, quelques minutes plus tard, Charlie chercha dans son téléphone et lança la chanson de Taylor Swift. Nous chantâmes ensemble, totalement faux, et nous en fichant complètement tandis que nous nous dirigions vers l'autoroute et notre nouvel avenir, aussi lumineux que le soleil à l'horizon.

Fin

À Propos De L'auteur

Après avoir écrit pendant des années, et n'avoir jamais vraiment trouvé la juste inspiration, Keira a découvert sa voie dans la romance gay, qui est devenue une passion. Elle écrit du contemporain, de l'historique, du paranormal et de la fiction fantasy, et – bien qu'elle aime angoisser ses lecteurs tout au long du roman – Keira croit fermement aux fins heureuses. Comme Oscar Wilde l'a dit une fois : «Le bien finit bien, et le mal finit mal. C'est ce que veut dire la fiction». Vous pouvez trouver Keira et ses livres sur son Site, sur Facebook et sur Twitter.

Gay Romance Newsletter

La lettre d'information mensuelle de Keira vous tiendra informé de ses dernières sorties et des nouvelles sur le monde de la romance MM. Vous aurez également accès à des extraits exclusifs, des lectures gratuites et bien plus. Rejoignez sa liste aujourd'hui et vous serez automatiquement inscrit pour l'un de ses concours mensuels.

Inscrivez-vous ici !

www.keiraandrews.com/contact/